国际大奖小说

卡内基文学奖

呐喊红宝石

Ruby Holler

[美] 莎朗·克里奇 / 著

赵映雪 / 译

天津出版传媒集团

新蕾出版社

图书在版编目（CIP）数据

呐喊红宝石/（美）克里奇（Creech,S.）著；赵映雪译.
—天津：新蕾出版社，2011.4（2024.4重印）
（国际大奖小说）
书名原文：Ruby Holler
ISBN 978-7-5307-5059-9

Ⅰ.①呐…
Ⅱ.①克…②赵…
Ⅲ.①儿童文学—长篇小说—美国—现代
Ⅳ.①I712.84

中国版本图书馆CIP数据核字(2011)第034170号
RUBY HOLLER by Sharon Creech
Copyright ⓒ 2002 by Sharon Creech
Simplified Chinese translation copyright ⓒ 2007
by New Buds Publishing House
Published by arrangement with Writers House , LLC
ALL RIGHTS RESERVED
津图登字：02-2005-144

出版发行	天津出版传媒集团 新蕾出版社
	http://www.newbuds.com.cn
地　　址	天津市和平区西康路35号(300051)
出 版 人	马玉秀
电　　话	总编办(022)23332422 发行部(022)23332351　23332679
传　　真	(022)23332422
经　　销	全国新华书店
印　　刷	天津新华印务有限公司
开　　本	880mm×1230mm　1/32
字　　数	150千字
印　　张	7.75
版　　次	2011年4月第1版　2024年4月第32次印刷
定　　价	28.00元

著作权所有，请勿擅用本书制作各类出版物，违者必究。
如发现印、装质量问题，影响阅读，请与本社发行部联系调换。
地址：天津市和平区西康路35号
电话:(022)23332677　邮编:300051

前言

一辈子的书

梅子涵

亲近文学

一个希望优秀的人，是应该亲近文学的。亲近文学的方式当然就是阅读。阅读那些经典和杰作，在故事和语言间得到和世俗不一样的气息，优雅的心情和感觉在这同时也就滋生出来；还有很多的智慧和见解，是你在受教育的课堂上和别的书里难以如此生动和有趣地看见的。慢慢地，慢慢地，这阅读就使你有了格调，有了不平庸的眼睛。其实谁不知道，十有八九你是不可能成为一个文学家的，而是当了电脑工程师、建筑设计师……可是亲近文学怎么就是为了要成为文学家，成为一个写小说的人呢？文学是抚摸所有人的灵魂的，如果真有一种叫作"灵魂"的东西的话。文学是这样的一盏灯，只要你亲近过它，那么不管你是在怎样的境遇里，每天从事

怎样的职业和怎样地操持,是设计房子还是打制家具,它都会无声无息地照亮你,使你可能为一个城市、一个家庭的房间又添置了经典,添置了可以供世代的人去欣赏和享受的美,而不是才过了几年,人们已经在说,哎哟,好难看哟!

谁会不想要这样的一盏灯呢?

阅读优秀

文学是很丰富的,各种各样。但是它又的确分成优秀和平庸。我们哪怕可以活上三百岁,有很充裕的时间,还是有理由只阅读优秀的,而拒绝平庸的。所以一代一代年长的人总是劝说年轻的人:"阅读经典!"这是他们的前人告诉他们的,他们也有了深切的体会,所以再来告诉他们的后代。

这是人类的生命关怀。

美国诗人惠特曼有一首诗:《有一个孩子向前走去》。诗里说:

> 有一个孩子每天向前走去,
> 他看见最初的东西,他就变成那东西,
> 那东西就变成了他的一部分……

如果是早开的紫丁香,那么它会变成这个孩子的一

部分；如果是杂乱的野草，那么它也会变成这个孩子的一部分。

我们都想看见一个孩子一步步地走进经典里去，走进优秀。

优秀和经典的书，不是只有那些很久年代以前的才是，只是安徒生，只是托尔斯泰，只是鲁迅；当代也有不少。只不过是我们不知道，所以没有告诉你；你的父母不知道，所以没有告诉你；你的老师可能也不知道，所以也没有告诉你。我们都已经看见了这种"不知道"所造成的阅读的稀少了。我们很焦急，所以我们总是非常热心地对你们说，它们在哪里，是什么书名，在哪儿可以买到。我就好想为你们开一张大书单，可以供你们去寻找、得到。像英国作家斯蒂文生写的那个李利一样，每天快要天黑的时候，他就拿着提灯和梯子走过来，在每一家的门口，把街灯点亮。我们也想当一个点灯的人，让你们在光亮中可以看见，看见那一本本被奇特地写出来的书，夜晚梦见里面的故事，白天的时候也必然想起和流连。一个孩子一天天地向前走去，长大了，很有知识，很有技能，还善良和有诗意，语言斯文……

同样是长大，那会多么不一样！

自己的书

优秀的文学书,也有不同。有很多是写给成年人的,也有专门写给孩子和青少年的。专门为孩子和青少年写文学书,不是从古就有的,而是历史不长。可是已经写出来的足以称得上琳琅和灿烂了。它可以算作是这二三百年来我们的文学里最值得炫耀的事情之一,几乎任何一本统计世纪文学成就的大书里都不会忘记写上这一笔,而且写上一个个具体的灿烂书名。

它们是我们自己的书。合乎年纪,合乎趣味,快活地笑或是严肃地思考,都是立在敬重我们生命的角度,不假冒天真,也不故意深刻。

它们是长大的人一生忘记不了的书,长大以后,他们才知道,原来这样的书,这些书里的故事和美妙,在长大之后读的文学书里再难遇见,可是因为他们读过了,所以没有遗憾。他们会这样劝说:"读一读吧,要不会遗憾的。"

我们不要像安徒生写的那棵小枞树,老急着长大,老以为自己已经长大,不理睬照射它的那么温暖的太阳光和充分的新鲜空气,连飞翔过去的小鸟,和早晨与晚间飘过去的红云也一点儿都不感兴趣,老想着我长大

了,我长大了。

"请你跟我们一道享受你的生活吧!"太阳光说。

"请你在自由中享受你新鲜的青春吧!"空气说。

"请你尽情地阅读属于你的年龄的文学书吧!"梅子涵说。

现在的这些"国际大奖小说"就是这样的书。

它们真是非常好,读完了,放进你自己的书架,你永远也不会抽离的。

很多年后,你当父亲、母亲了,你会对儿子、女儿说:"读一读它们,我的孩子!"

你还会当爷爷、奶奶、外公和外婆,你会对孙辈们说:"读一读它们吧,我都珍藏了一辈子了!"

一辈子的书。

目录

Ruby Holler 呐喊红宝石

第 一 章　银鸟 …………………………… 1

第 二 章　柏斯屯小谟孤儿院 ……… 3

第 三 章　呐喊红宝石 ………………… 8

第 四 章　软炮炮的东西 …………… 10

第 五 章　反省角 …………………………… 15

第 六 章　机会 …………………………………… 18

第 七 章　怀疑 …………………………………… 22

第 八 章　糖果屋里的小兄妹 …… 25

第 九 章　偶像 …………………………………… 30

第 十 章　蛋 …………………………………… 31

第十一章　嘀咕先生 …………………… 34

目录

呐喊红宝石　Ruby Holler

第十二章　工作 …………… 35

第十三章　肉汁 …………… 38

第十四章　木头 …………… 47

第十五章　深夜的谈话 …… 51

第十六章　斧头 …………… 57

第十七章　摇摇椅 ………… 61

第十八章　崔家 …………… 64

第十九章　石下基金 ……… 68

第二十章　穿过呐喊 ……… 72

第二十一章　失物招领 …… 74

第二十二章　柏斯屯之行 … 79

目录

Ruby Holler 呐喊红宝石

第二十三章　一切就绪 …………… 84

第二十四章　谛乐与赛蕊 …………… 89

第二十五章　呐喊的夜晚 …………… 93

第二十六章　棚里的谈话 …………… 102

第二十七章　试演 …………………… 104

第二十八章　崔太太 ………………… 110

第二十九章　决定 …………………… 113

第 三 十 章　梦魇 …………………… 117

第三十一章　解药 …………………… 119

第三十二章　划呀划，走啊走 ……… 122

第三十三章　阿雷的差事 …………… 127

目录
呐喊红宝石 Ruby Holler

第三十四章　方位 …………… 131

第三十五章　紧绷 …………… 134

第三十六章　长长的一串链子 …… 137

第三十七章　语言图画 ………… 139

第三十八章　访查 …………… 141

第三十九章　杞人忧天 ………… 142

第四十章　箱子里的宝宝 ……… 147

第四十一章　逛街 …………… 151

第四十二章　呆头 …………… 155

第四十三章　兜圈子 ………… 157

第四十四章　进展 …………… 160

目录

Ruby Holler 呐喊红宝石

第四十五章　石头 ·········· 162

第四十六章　呐喊的石头 ·········· 164

第四十七章　跑啊 ·········· 166

第四十八章　再度逛街 ·········· 167

第四十九章　水下世界 ·········· 172

第 五 十 章　感觉 ·········· 174

第五十一章　阿雷 ·········· 178

第五十二章　独木筏 ·········· 181

第五十三章　大笨蛋 ·········· 182

第五十四章　慢动作 ·········· 185

第五十五章　在路上 ·········· 187

目录

呐喊红宝石 Ruby Holler

第五十六章　在河上 ………… 191

第五十七章　泡水的心脏 ………… 194

第五十八章　准备 ………… 196

第五十九章　投资 ………… 199

第 六 十 章　医院的谈话 ………… 201

第六十一章　崔先生探险记 ……… 204

第六十二章　珠宝 ………… 207

第六十三章　"任务——达成"蛋糕 … 210

第六十四章　估价 ………… 212

第六十五章　深夜的谈话 ………… 215

第六十六章　梦境 ………… 221

第一章

银　鸟

达拉斯俯身探出窗口，眼睛直盯着远处一只懒懒飞翔的鸟儿。阳光斜斜地射穿它上方的云层，好像专为这只鸟儿照明似的。

银鸟儿，达拉斯想，这是一只神奇的银鸟儿。

这只鸟儿突然转了身，往南朝着柏斯屯小城的上空飞来，飞到一栋褪色的黄色大楼——达拉斯倚身的窗口上。达拉斯伸出手臂，"这里！"他大叫，"来这里！"

那只鸟儿先是朝他冲来，而后又拔高身子飞过大楼，高高地飞上了天空，飞过小巷、铁轨和干涸了的河床。达拉斯看着它乘风升起，飞越一座又一座的土黄色山丘，消失在遥远的天际。

他的心仍牵挂着鸟儿，想象着鸟儿一直飞到一道窄窄的绿色山谷，山谷中有一个像土坑似的盆地，还有一条环绕盆地蜿蜒而过的小河。他想象那只鸟儿从天空俯冲而下到了河边，那儿的树梢有风轻轻拂过，小溪清澈透明，河底的石子历历可数。

也许那只银鸟儿飞回家了。

"给我离开那扇窗!"下面有个声音吼了起来,"不准倚在那里!"

达拉斯将身体探出来一点点,对着崔先生喊:"你看到那只银鸟儿了吗?"

"给我滚开,否则就跟你妹妹一样给我下来拔草。"崔先生这样威胁他。

达拉斯看见妹妹佛罗里达正一寸一寸地沿着走道从土里拔出一撮撮的杂草。

"烂杂草。"佛罗里达边骂边抓了把泥土从肩头往后扔去。

达拉斯看到那把泥土打到了崔先生的背,崔先生转过身,居高临下地俯视着佛罗里达,然后照着她的头甩了一巴掌。达拉斯真希望那只银鸟儿可以回来揪住崔先生,抓着他高高地飞过小城,再把他"砰"的一声丢下去。

第二章

柏斯屯小溪孤儿院

柏斯屯是个了无生气的小城,一个被遗忘很久、看起来随时可能消失的地方。一些曾经风光的小店和楼房后面紧跟着的是几间乱七八糟的破屋子,其中一栋楼房是柏斯屯小溪孤儿院,已经摇摇欲坠,朝火车铁轨和山丘方向倾斜。这栋楼房里住着两个办事效率不高的经理——崔先生和崔太太,他们的助手茉耕和十三个孤儿——从六个月到十三岁不等。

在柏斯屯小溪孤儿院中最大的孩子是对双胞胎——达拉斯和佛罗里达。从年龄来看,他们长得不算矮,深色头发,深色眼睛,虽然体格健壮却蓬头垢面,一点儿也不体面。达拉斯比较安静,常做白日梦,佛罗里达则比较暴躁,永远都在顶嘴,翻脸像翻书一样,从吃惊到恶心,一秒钟而已,说变就变。

孤儿院的经理崔先生和崔太太都是中年人,很挑剔,随时一副筋疲力尽的模样,像寒冬里瑟缩的树木。他们非常喜欢定规则——门廊、走道、孩子的床到处都贴着规则。一般规则、厨房规则、浴室规则、楼梯规则、地下

室规则、户外规则、楼上规则、楼下规则、穿衣规则……没完没了。

"不定规则的话,"崔先生总爱这样说,"一定一团糟。"

"不定规则的话,"他太太也会帮衬道,"这些小孩儿会把我们吃掉。"

达拉斯跟佛罗里达是在这里住得最久的小孩儿了,每一条规则他们都很熟悉。不遵守规则会受到什么处罚,他们也很清楚,因为他们违反过柏斯屯小溪孤儿院里的每一条规则,而且不止一次。

"我们怎么可能每天都不跑、不叫、不说话、不掉东西、不打翻东西呢?"达拉斯有一次这样问崔先生。

"去反省角禁闭两小时。"这是崔先生的回答。

达拉斯坐在地下室黑黑的角落里,想象有一片宽阔的草原,四周环绕着树,他在草原上尽情地跑,大声地叫,还可以丢树枝跟泥巴。玩儿累了,就躺在绿绿的草地上,让自己变小、变小,最后成了躺在草地上的婴儿。有个带着甜甜笑容的人俯下身来,将他包在白白的毯子里。

要是佛罗里达违反规则的话,她可能会先抗议,结果往往会换来更严厉的处分。她没办法安安静静地坐着,想跑时就没办法走。通常事情是这样发展的:她从走廊跑下来,崔太太又长又瘦的手臂从门后伸出来一把将她逮住,把她拉到近处的一条规则旁。

"上面说什么？"崔太太会这样质问她。

佛罗里达会眯着眼睛念："不准笨蛋跑。"

"不是那样，"崔太太会把佛罗里达的脸压得更靠近纸张，"再念一次。"

"不准臭笨蛋跑。"

"地下室，反省角，禁闭两小时。"

"这样就是笨蛋。"

"再罚擦两小时地板。"

"烂！"

"再拔两小时草。"

达拉斯跟佛罗里达在反省角那个潮湿、阴暗、布满蜘蛛网的地下室角落不知耗了几百个小时。他们那件穿了会痒、上头印着"我很坏"的T恤早就破了。他们铲过马粪、趴在几亩大的田里拔杂草，也削过马铃薯、刷过锅、擦过地板、洗过窗户、搬了不知多少次箱子和破家具。

"好好儿想、好好儿做，对人只有好处没坏处。"崔先生会这样讲。崔先生是个矮个子，但很粗壮，走起路来像螃蟹横过海滩一样。他自己并不特别喜欢想事情或做事情，可是他却坚信这些对孩子有好处。

几年来孤儿院的管理不善，但都骗过了督察机构，因此钱仍照样拨下来，卫生局跟建设局的人也不会来检查这栋建筑物是否还合格。这里早已没有医生，也没有人处理日常案头工作。崔家夫妇是唯一的管理员，他们

只雇了一个永远超负荷工作的助手茉耕，茉耕常说自己像只土拨鼠头目。

柏斯屯小溪孤儿院仍是达拉斯跟佛罗里达心中唯一可称之为家的地方，房子正面的黄漆斑驳剥落，背面歪歪斜斜地加盖了一排小小的方块屋。达拉斯觉得那像一串没连好的车厢；佛罗里达则觉得那像一条龙，前门是大大的嘴，随时等着吞掉小孩儿。

孩子刚来时会睡在前头比较大的房间，如果几年没有被领养的话，就会被下放到"边疆"，也就是屋子尾端那些阴暗、低矮、不透气的房间去。

"换换位置嘛，"崔先生总是这样说，"就是换个位置嘛！"

孩子来了又去，有些被领养家庭带走或收养，有些偷跑了，又被送回来。有一个孩子死在床上，临死时口中还喃喃问着："我是谁？我是谁？"虽然崔先生跟崔太太费尽心思想把达拉斯跟佛罗里达送走（崔太太解释说"是要给你们找个好家"），但这对双胞胎总是被气呼呼的大人送回来。

"麻烦的双胞胎，"那些被气疯了的大人会这样说，"什么都不会，只会惹麻烦。"

但达拉斯跟佛罗里达觉得会惹麻烦的是大人，他们遇到的大人几乎个个脾气暴躁、没耐心，动不动就想要处罚他们。他们根本不知道有收养父母真的很慈祥、有爱心而又宽宏大量。在达拉斯跟佛罗里达狭小的世界

里,大人是他们最想避开的东西。

这么多年下来,达拉斯跟佛罗里达不断被要求更换房间,直到被挤到孤儿院最尾端的一间为止。那里并排着两间方块屋,里面各有一张窄窄的、凹凸不平的床,一个紧贴着床立着的抽屉柜,还有个小衣橱。一只灯泡光溜溜地从屋顶垂下来。

晚上,达拉斯和佛罗里达会在那里听着载货火车呼啸而过,穿过柏斯屯,继续往前走……火车要往哪儿去?要往遥远而宽广的远方,美丽的远方,和平的远方,友善的远方……

达拉斯和佛罗里达也有计划,他们不会一辈子待在柏斯屯小溪孤儿院的。他们会跳上夜行的载货火车,离开这个小城。他们希望那天很快就会来到。

第三章

呐喊红宝石

离柏斯屯三十公里处是个叫作呐喊红宝石的地方，那是个隐秘、翠绿而茂盛的山谷，在谷底只有两间木屋。远处的那间住着个独来独往的男人，山谷中央的这间则住了一个六十岁的男人谛乐和他的太太赛蕊。

在六月一个温暖的早晨，谛乐和赛蕊坐在阳台的秋千上。

"还是老样子，"谛乐念叨着，"一样的破阳台，一样的嘎嘎叫的秋千。"

"你今天早上还真啰嗦。"赛蕊说。

"我真的不想再去打水砍柴了。"

"你觉得人家讲得有道理吗？"赛蕊问，"我们是不是该搬家了？该去买间有人管理的公寓？买个有电、有暖气、有洗衣机还有空调的地方？"

她的丈夫点点头："说不定再买台电视，还有那种有电动门的车库。"

"那样日子就真的不一样了。"赛蕊说。

"真的不一样。"谛乐也这么认为。

有只灰鸟儿从天空俯冲下来,停在阳台的栏杆上。它对着这对夫妇点头,好像听到了他们的谈话一样。他们真的很享受这种惬意的感觉。

第四章

软炉炉的东西

达拉斯和佛罗里达坐在柏斯屯小溪孤儿院狭小的餐厅角落里,那是他们的老位置,崔家夫妇不准他们和其他孩子一起坐在长板凳这边,怕他们带坏别人。说到底,他们恨不得达拉斯和佛罗里达跟其他孩子一样软弱。

佛罗里达戳戳盘里软炉炉的东西说:"这坨糊状的东西里真的有可以吃的吗?"

"可能有,"达拉斯说,"我好像看到了一丁点儿像肉一样的东西。"他试探性地叉起了那肉粒,想象那是一块牛排,世界上最多汁、上等的牛排。

"哈,我猜那是割碎了的厚纸板,"佛罗里达说,"还有绞碎的树皮,当然还倒了点猪血进去染色。"

她看到一个坐在长板凳那头新来的女孩,就对她挥了挥手。

"糟了。"达拉斯看到崔先生悄悄地溜到佛罗里达的后头。

"哎哟,"佛罗里达叫道,"你干吗打我头?"

"把手放下来。"崔先生下了这样的命令。

达拉斯看着崔先生的金牙,想象自己是个牙医,正在拔那颗牙齿,然后把它放入口袋,再给崔先生换上一颗别的牙,可能是红色的,或是塑胶的,像山猪牙一样的形状。

"我的手是放下了啊!"佛罗里达对崔先生说,"你看,我的手放下了,别再打我的头了。"

"等你把双手放在大腿上,放在该放的地方,我就不再打你的头了。"

佛罗里达把手放在大腿上。等崔先生走开了,达拉斯问她:"两手放在大腿上,怎么吃东西啊?"

佛罗里达弯身向前,伸长了舌头去舔那盘软炮炮的东西。

崔先生嗖的一下又回来了。

"我的手还在大腿上。"

"用叉子吃。"崔先生这样命令。

"我两手得放在大腿上,怎么拿叉子?"佛罗里达问。

达拉斯两眼盯着盘子,面部不敢有一丝表情,万一笑出来,崔先生会揍他的。

新来的女孩望着佛罗里达和崔先生。"他对每个人都这样吗?"她小声地问旁边的男孩。

那男孩看起来吓死了,他一只手捂着嘴巴,另一只手指指贴在墙上的规则。餐厅的首条规则是不准讲话。

七点半时,铃声响了。达拉斯洗好了最后一个锅,丢

到了架子上。

"到皇宫去。"他说。

佛罗里达追着他到走道。"到破烂皇宫的污秽黑牢。"

"不许跑,不许叫。"崔太太在大叫,"进房间里去。"

他们在走道上跑着,在其他孩子的房里穿梭,那些孩子笑着看达拉斯跟佛罗里达,等他们走掉后,马上关起房门。在崔家夫妇眼里,这样笑看达拉斯和佛罗里达也是滔天大罪。

到了房间,达拉斯跟佛罗里达各自撬开一片松了的地板,把他们从厨房偷出来的东西放进去:一片几乎还完整的面包和两个生马铃薯。地板下有食物让他们安心,夜里饿了的话,有东西可以充饥。

那天夜里,佛罗里达辗转反侧,她梦到哈培一家人。她很生气竟然让他们跑进梦里,醒来后还赶不走他们。

她和达拉斯是在五岁时被送到哈培家的。刚去那几天,他们简直以为进了天堂:有自己的房间,每天哈培家都给他们一个新玩具。可是没几天哈培太太就开始头痛,一直叫他们安静,还不许他们摸这摸那。达拉斯跟佛罗里达也努力想安静、不乱碰东西,但有时就是会忘记。

有一天,佛罗里达从厨房灶台上拿起一张十元钞票,正在看上面的图案时,哈培先生过来一把抢走那张钞票,还打了她的手臂。"以后不准再偷我的钱,听到没有?"

Ruby Holler

他站在那里俯视着她，样子看起来好凶。害得她心都慌了。

这个家里到处都是钱，厨房桌上一小沓，书架那边也有，还有一个装着二十五分钱硬币的玻璃罐。她绝对不会去碰他们的钱，绝对不会。

一天，她走下楼梯，看到达拉斯坐在客厅地板上，那个玻璃罐摆在前面，他的一只手伸进里面翻搅那些硬币。

哈培先生突然跳了进来，抢走那个玻璃罐，猛力把达拉斯的手扯出来。"你这个小贼。"哈培先生说。

佛罗里达抢过罐子，摔在地上，硬币和玻璃碎片银甲虫似的撒了满地。

第二天，达拉斯跟佛罗里达就被送回了柏斯屯小溪孤儿院。哈培先生跟崔家夫妇说，他们错了，他们目前还不适合有孩子。

要是佛罗里达大一点儿的话，她可能会觉得哈培先生讲得没错，能离开哈培家算她走运。可是她才五岁，所以她以为自己和达拉斯真的太坏了，不配有个真正的家。

现在在柏斯屯小溪孤儿院的房间里，佛罗里达在想她怎么会梦到哈培一家人呢。哈培家又不是他们第一次或最后一次待过的家庭，当然也不是他们遇到过的最糟的一个家庭。不过在她慢慢进入梦乡时，却又被哈培家的另一个噩梦吞噬了。

13　呐喊红宝石

在另一个房间里，达拉斯听到佛罗里达呻吟的声音。他爬到衣柜那边，掀开遮住墙洞的一块板子，问："佛罗里达，怎么了？"

佛罗里达坐了起来，转头四处看了看。她下床，踮着脚尖走到衣柜旁，跪在洞边。"我做了个大噩梦，梦到哈培一家人了。"她说。

"别再想他们了，"达拉斯说，"把他们全都忘掉。有一天我们一定会搭上货运火车离开这小城的，我们靠自己，不必跟那样的人住在一起。有一天我们一定会住在一个很漂亮的地方，还有……"

他就这样一直说，说到佛罗里达安静下来，缩在地板上睡着了。

第五章

反省角

达拉斯在教几个小小孩怎样把网球丢过柏斯屯小溪孤儿院的屋顶。"看,要把手臂往后拉到像这样,眼睛看着高处,在最后一秒钟,手腕像这样一扣,看到了吗?"那只球高高地飞起,朝屋顶划了个弧线,却失了准头,砰的一声打破了一扇窗子。

这时的达拉斯坐在地下室反省角的凳子上,待在这里的头几分钟是最痛苦的,因为潮湿的水泥墙上布满鬼影幢幢的蜘蛛和蜘蛛网,这些会让他想起来从前他和佛罗里达被囚禁的一个地方。

他闭上眼睛。别去那里!他告诉自己。别去那个地窖,要到别的地方,有绿草和阳光的地方,有树和鸟的地方。很快的,他的心就到了一个小径横陈的树林,孩子可以随便丢东西、不必怕惹麻烦的地方。

两小时后,崔先生打开地下室的门对着达拉斯喊:"上来吧,孩子,有人需要那角落。"

达拉斯爬上楼梯时,看到佛罗里达被崔先生抓着,挣扎着想要甩掉他的手。"我只是在跑步,不是故意要去

踩那些花。"她跟崔先生说,"还有墙上那个洞,我只是想给那个房间透点气。"

"给我下去好好儿想想。"崔先生说。

佛罗里达在楼梯上与达拉斯擦身而过时,说:"换我了,希望位子还是暖的。"

佛罗里达故意重重地踏着步子走到地下室,用力地踢墙壁和凳子。

"我听到了,"崔先生在上头喊道,"你又给自己多赚了两小时的地下室时间。"

烂人!佛罗里达想,烂地下室,烂反省角。

她双手交叉放在胸前,坐在凳子上。我才不让他逼我想。她努力让自己的心如白色帆布一样空白,但不一会儿空白处就慢慢有了污点,污点变成了影像,影像又变成了人。

那天早上,她看到有个女人走过孤儿院,那女人长得又高又壮,一头卷曲的乱发。和我的很像,佛罗里达想。

"嘿,妈妈!"她这样叫出来。

那女人吓了一跳,转过身来。佛罗里达赶紧低下身子,躲到孤儿院的门后,从门边偷看,看到那女人急匆匆地走开了。

这时,在地下室的反省角,佛罗里达又想到了那个女人。嗯,这人可能是我妈妈。这又让她想起前一晚跟崔先生一起在孤儿院后面巷子里说话的那个男人。那男人背对着她,两脚外八字,一副无精打采的模样,但不知为

Ruby Holler

什么,这人的站法让她联想到达拉斯。她几乎要叫出:"嘿,爸爸!"这时那人转了身,他长着一头纠结的头发。她不禁打个哆嗦,庆幸自己没有乱喊。我爸爸才不会长这副德性呢!她想。

现在她睁开眼睛,看到一只蜘蛛从墙上急急爬下来。她起身离开座位,抓起凳子砸过去,把蜘蛛砸得扁扁的。

地下室门开了,崔先生说:"我听到了,再胡闹你就整天待在下面好了。"

第六章

机 会

崔太太紧抓着佛罗里达的手臂,把她拉到走廊尽头。

"我什么也没做,真的。"佛罗里达说,"你抓我干吗?"

崔太太一把将她拉进最后一道门。

"我只不过在挖虫子,"达拉斯抗议,"你不是故意扭我的手吧?"

崔先生和崔太太把佛罗里达跟达拉斯带进办公室,关上门。

"不许坐,你脏死了。"崔太太说。

"反正我也没打算要坐。"佛罗里达回话。

"把那烂T恤脱掉,换上这两件干净的。"崔太太下了命令。

"干吗?"佛罗里达问,"你自己叫我们这礼拜都要穿这两件皱巴巴、臭死人的烂衣服的。"

"脱掉,"崔先生重复太太的话,"你们两个有地方要去。"

佛罗里达很快看了达拉斯一眼。这话他们听过,听过太多次了。

"不要,我们哪儿也不去。"佛罗里达说,"我们要在这里待到死。"

崔太太整个人陷入椅子里。"我可不想这样,"她说,"我天天祈祷有人收养你们。"

崔先生说:"我们替你们找了个机会,绝佳的机会。"他看着太太:"不是吗?太太,我们不是给这两个年轻人找到了最难得的机会吗?"

"我们才不要再到那些收养家庭去。"佛罗里达说,"如果你们这么打算的话,最好趁早死了心。"

达拉斯碰碰佛罗里达的胳膊。"嗯,说不定这次会是个合适的地方,你知道,如果是大别墅之类的地方,说不定我们可以去试试。"

崔先生笑了,露出的金牙闪闪发亮。"这绝对是个大好机会。"

"我想你们可以把这次收养安排当作暂时——非常暂时——的安排。"崔太太说。

"不去,"佛罗里达说,"你们上次送我们去的那个地方,跳蚤多得比长毛狗身上还多,还有亿万条蛇……"

"没亿万条啦。"达拉斯说。

"有,上兆!还有蜥蜴,还有那个人——他根本就是个疯子。"

崔太太让步地说:"也许上次的安排不是很好……"

"可这回是个大好的旅行机会!"崔先生打断她的话,舌头舔在那颗金牙上。

佛罗里达和达拉斯彼此交换了眼神。

"你说的是哪种旅行?"达拉斯问。

佛罗里达对他耳语:"别听他们的,别上当,他们搞不好要把我们送去西伯利亚。"

崔太太打开桌上的一个文件夹。"我来看看,"她翻开一份小手册。"会有一趟航行,横穿我们州到如塔琶果河去……"

佛罗里达探过身去。"是真的吗?"她问。

崔太太又从文件夹中抽出另一份小手册,"再看看,还有一趟小旅行,到康葛墩去。"

达拉斯问道:"是说海外的那个康葛墩?还是哪个康葛墩?"在他心里,自己似乎已经在那里了。他在海上踏浪,在山丘上奔跑。

崔先生把如塔琶果的册子交给佛罗里达,把康葛墩的交给达拉斯。"这里有一对非常好、又受人尊敬的夫妇……"

"别听他们的,"佛罗里达小声说,"还记得上次养蛇的那对非常非常好的夫妻吗?"

达拉斯似乎看见自己在康葛墩的小山上爬一棵高高大大的树,自己站在高高的树枝上,拿着望远镜眺望大海,寻找海盗。

崔先生继续说着:"这对非常非常好、又受人尊敬的夫妇在找年轻力壮的人……"

"做什么?"佛罗里达说,"当奴隶吗?帮他们追山猪?清蛇坑?"

Ruby Holler

崔先生双手交叉像在祈祷一样。"这对非常非常好、又受人尊敬的夫妇在找两个年轻人陪他们到如塔琶果河和康葛墩去，现在，就是你们放暑假的时候。"

达拉斯——现在正沉迷在康葛墩他想象的树上，他发现了远方海上有一艘船。是海盗！

"不过，"崔太太说，"你们得分头行动，一个人去如塔琶果，另一个去康葛墩。"

"你是说我们得分开？"佛罗里达说，"不行，我们不分开，永远不分开。"

"只要三个月嘛。"崔太太说。

达拉斯眨眨眼，让自己的心回到崔先生跟崔太太的办公室。"我们可以先跟那些海盗碰面吗？"他问。

"什么海盗？"崔太太说，"你到底在说什么啊？"

"那两个人，"佛罗里达说，"我们可以先跟他们碰面，看这对夫妻是疯了还是怎么回事？"

崔太太在笑："当然没问题，是不是啊，崔先生？"

崔先生匆匆走出办公室，很快就带了一对银发老夫妻进来。

"让我为你们介绍一下，这是谛乐先生和他太太赛蕊。"他说。

达拉斯看着那个男人，他的左眼有点儿下垂——也许以前戴过眼罩。

佛罗里达看着达拉斯。"一对疯子，"她轻声说，"一对老疯子。"

第七章

怀 疑

达拉斯跟佛罗里达爬进自己房间的衣柜里,掀开了盖在墙上小洞的板子。

"你觉得那对疯子怎么样?"佛罗里达低声问。

"看起来还好,"达拉斯说,"比一般人好,挺爱笑的。"

"是啊,以前哈培、柯仁北、白格腾,还有恐怖的朱立普一家也都很爱笑啊,可到最后,他们还是笑不出来了。"

达拉斯在想着康葛墩之行,他看到自己来到这个大海上的小岛,生起篝火。远方有海浪拍岸的涛声。

"万一这对老疯子又像上一对那样呢?"佛罗里达说,"那个使唤我们像在使唤奴隶的讨厌鬼,还有他那随时都很烦躁的太太……"

"也许这两个人不一样。"达拉斯说。

"我怀疑。我们还是该照原计划,搭夜车逃走。"

"钱怎么办?"达拉斯说,"我们需要些钱。"

"我们不会有钱的。"佛罗里达说,"如果要等钱自己掉进我们口袋里,恐怕一辈子也走不了。"

"你看过那些小册子了吗?"达拉斯问,"那条如塔琶果河好看吗?"

"像天堂一样,"她说,"说不定根本是假的。康葛墩又像什么?"

"比天堂还要好一倍。"

"他们想骗什么?"佛罗里达说,"你看这两个老家伙说要带我们去这儿去那儿,背后真正的动机是什么?"

"他们也不算很老啦,说不定并不是骗我们的。"达拉斯说。

"说不定就是,"佛罗里达说,"我讨厌这里,可是我更讨厌到那些疯子家去被他们骂啊打的,还说我们太吵、太脏、太笨。"

"我知道,"达拉斯说,"可是说不定……"

"对啦对啦对啦,你每次都说'可是说不定',事实却一次比一次更糟,我实在烦透了。我还是赞成搭货车走人。"

"我们再看看小册子,今晚再想一想,"达拉斯说,"好吗?"

夜里,佛罗里达躺在床上听着货车呼啸着穿过柏斯屯,她在想那对老疯子和划船顺流而下的事。她真想搭船漂在河上,可是她要跟达拉斯一起,不是跟那个老人。她不要跟达拉斯分开,她觉得这么久了他们没变窝囊或成了少年犯,都是因为有彼此的缘故。

隔壁房间里,达拉斯也在数着火车的呜呜声。他看到自己光着脚在康葛墩的海岸嬉戏。天空蔚蓝,海水湛蓝,阳光和煦。沙滩上有脚印!他在海边转身四处看,然后拔出了剑。

第八章

糖果屋里的小兄妹①

达拉斯跟佛罗里达挤在谛乐跟赛蕊中间,一起坐在小破卡车的前座,一路颠簸着跑在出城的路上。

"你们到底要载我们上哪儿?"佛罗里达问。

"呐喊红宝石。"谛乐转向她回答道。她看到他有一张和颜悦色、被阳光晒黑了的脸,还有一双深蓝色的眼睛。他的头发好白、好短,后脑勺儿上有些地方的头发参差不齐。他不像佛罗里达先前想得那么老,不过她可不会被这张和颜悦色的脸蒙骗了。

"那个呐喊红宝石究竟在哪里?"佛罗里达又问。

赛蕊拍拍佛罗里达的手臂,回答道:"这条路往前一点儿,再转进另一条通往山丘的路。"佛罗里达注意到赛蕊的手有些皱纹,不过皮肤还很嫩。她可不会被这样嫩的皮肤蒙骗了。

佛罗里达低声跟达拉斯说:"阴阳怪气的朱立普一家也住在山丘上,希望不是同一个山丘。"

①糖果屋里的小兄妹是格林童话中的人物。——编者注

达拉斯耸了一下肩,然后闭上眼睛,试着想象一座不一样的可以滚的山丘,绿色的山丘。

"为什么你们不互相陪对方去呢?"佛罗里达问赛蕊。

这回换谛乐回答:"这是个好问题。"他说完后看着赛蕊。

他的口气听起来有点儿不耐烦,佛罗里达想,他也许会是先冲他们吼的人。

一路上赛蕊一直在说呐喊红宝石。"看,那条路上有兔子,"她说,"就在那里,我们找到一只走失的羊。"谛乐则紧闭着嘴,眼睛直盯前面的路。一定有什么事在烦他,佛罗里达想。

他们转进一条窄窄的泥巴路后,赛蕊说:"现在正式进入呐喊红宝石,世上唯一的呐喊红宝石!从此你们的生命将全然改观……"

"这也太夸张了。"谛乐说。

佛罗里达和达拉斯望向窗外,看着前头蜿蜒的道路,两旁落叶铺地的大树,以及一望无际的绿色草原上一丛丛盛开的蓝色、红色和黄色花朵。

"那边,看到没?"赛蕊说,"大熊树丛。还有那边,是会让人发痒的紫罗兰。"

下了小卡车后他们随谛乐、赛蕊朝一座房子走去。佛罗里达把达拉斯拉到一旁。"这两个人实在有点儿神经。"她说。

"你看这里!"达拉斯说,"你看过比这更漂亮的地方

吗？这么多树！这么多山丘！那里是不是有条小溪啊？"

"达拉斯，你别被那些甜言蜜语和树、小溪之类的给骗了。我们还是要准备好随时逃到山丘外去搭火车，听到了吗？"

"希望你们别介意住在这里。"赛蕊踏进前面阳台时这样说道。

"你要我们睡哪儿？"佛罗里达问，"猪圈吗？"

"猪圈？"谛乐说，"我们没有猪圈，不过如果你们想要的话，可以给你们盖一个。"

"有蛇坑吗？"

"蛇坑？"谛乐说，"你们想要个黏糊糊的蛇坑？"

"不想。"佛罗里达说。

"这阳台有点儿陷了，不过没关系。"赛蕊领他们走进屋里时说，"我知道我们屋子不大，"她停下来，整了整盖在椅子上的拼花布，"你们两个睡楼上。"

"阁楼？"佛罗里达说，"上面有个脏兮兮布满蜘蛛的阁楼？"

赛蕊指了指木头梯子。"是开放式顶楼，看到了吗？在这上面——是对着楼下整个敞开的，希望你们别介意。以前我们的孩子都睡在一起，所以很抱歉没能给你们每人一个房间。"

佛罗里达和达拉斯爬上梯子，爬到明亮、空气流通的顶楼。窗口对着一片树林和远方深蓝色的山。房里有四张床，每张都铺着一条色彩鲜艳的拼花布：用上百块

红、橙、黄、绿的碎布缝在一起的。

达拉斯直盯着外面的树。这真像一间树屋,有床的树屋。

"这上头吗?你说的是这里吗?"佛罗里达大声地问赛蕊,"是这间超大的房间吗?还是上头那个柜子?你要我们睡在柜子里吧?"

"我想你们可以睡在那几张床上,当然不是四张都睡啦,是挑两张。希望这样安排还可以。"赛蕊说,"希望你们在上头睡得舒服。"

达拉斯躺在软绵绵的床上。"佛罗里达,这好像飘浮在云上哟,不信试试看。"

佛罗里达在另一张床上伸了个懒腰,"说不定有跳蚤。"她说着又跳了起来,"他们想干吗?想把我们像糖果屋里的小兄妹汉生和葛蕾特那样喂胖了以后再丢进烤箱里吗?"

"达拉斯,佛罗里达,可以请你们下来一下吗?"

"看!"佛罗里达说,"我打赌现在一定是要叫我们去做工了,说不定得帮他们挖井还是什么的。"

在楼下,赛蕊跟谛乐已经在餐桌上铺好了一块黄色桌布,上头有切片火腿、热乎乎撒着肉桂粉的苹果泥、刚出炉的玉米面包和绿色豆荚。四套餐具。

大餐啊,达拉斯想,给国王和王后或重要人物享用的大餐。

"有客人吗?我们得出去是不是?"佛罗里达问。

"是我们吃的，"赛蕊说，"我们四个，我们两个跟你们两个。"

佛罗里达转头看着达拉斯，"看，"她低声说，"像汉生和葛蕾特，别吃太多了。"

那天晚上，达拉斯很快就睡着了，还梦见了他最爱的地方：在茂密的大树下有一片沙地，大树的枝条像窗帘一样垂在四周。这不是他去过的地方，只在梦中见过。

"达拉斯，"佛罗里达把他叫醒，"别太舒服哟，明天我们就会知道有什么苦差事了。"

佛罗里达觉得有点儿烦躁不安，好像她的责任就是要保持警觉一样。达拉斯已经被大树和山丘的魔力迷倒了，所以她得格外留意。她才不相信这个看起来像画一样的地方，还有那对老夫妻。

"达拉斯，"她又把他吵醒，"就算这里是天堂——我想是不可能的——就算你想一辈子留在这里，也绝对不可能。这两个人很快就会翻脸，在你还来不及眨眼前就把我们送回去给崔家人。所以我认为我们还是应该照计划跳上那班夜车。听到了吗？"

"嗯。"达拉斯随口回答，转个身又回到他有绿树遮阴的梦里去了。

佛罗里达辗转反侧，最后却进入有蜥蜴、老鼠追着她跑过林子的梦境。她一直跑、一直跑，跑向远方的某个东西，但她又不知道那是什么，也不知道自己手里为什么要拿一个嘎嘎响的厚纸板箱子，她只知道不能丢掉手中的箱子。

第九章

偶　像

谛乐凝视着床边的镜子。"我看起来不像六十岁的人吧,对吗?"

"当然不像。"赛蕊说。

他用手理了理头发。"我是不是也还算英俊?"他又问。

"当然。"

"你记得上个月从纽约来买我们雕刻品的那位女士吧?那位纽约女士?"

"记得。"

"你知道她说什么?她说我像个偶像!"

赛蕊在手上拍了点儿凡士林,然后吹熄蜡烛。"你竟然相信她,真是老笨蛋。"赛蕊轻声地说。

谛乐往窗外看去,看着拂过窗框的枝叶。我们实在该把那两个孩子送回去,他这样想。赛蕊应该跟我顺流而下,到如塔芭果,回来后我再跟她到康葛墩去找那些笨蛋鸟。也许我明天早上就这样跟她说,也许我真的会说。

第十章

蛋

达拉斯站在木屋厨房凝视着墙上镜框中的照片,这些照片像拼图一样,每张里都有某个东西可以搭配另一张照片里的东西,另一张照片上的某个东西又可以搭配截然不同的第三张照片。

他看的第一张照片里,每个男人好像都有一个细细长长的鼻子,每个人站着时双手都轻松地垂在两旁,头歪向一边。这张旁边的那一张,有两个胖胖的女人,也是同样的鼻子,同样的站姿。

在学校时,有些父母会在放学时到教室门口等孩子,达拉斯常被他们的相貌吓一跳。看着站在一起的孩子和爸爸,他想着,这个爸爸小时候就是这模样,这个孩子长大以后就会变这样。

"我们要怎样才能知道我们是谁?"他曾问过佛罗里达,"要怎样才能知道我们将来会变什么样子?"

"我们现在是麻烦双胞胎,老了以后还是麻烦双胞胎。"她说。

"我的意思是我们会长成什么样子?你觉得我们以

后会做什么?"

"大概还是跟现在一样,是笨手笨脚的大块头吧。"她说,"也有可能我们会变聪明,变成天才或名人。鬼才知道呢!"

每次达拉斯问这样的问题,佛罗里达都会觉得很不舒服,好像自己无法招架自己的过去,不知要往哪里去,也不知道自己会变成怎样的人。

"万一我们的妈妈又高又丑又粗鲁呢?"她说,"你还会想知道她是谁吗?你还会想知道自己将来会不会像她一样又高又丑又粗鲁吗?"

"她才不会又高又丑又粗鲁呢,"达拉斯说,"她一定是轻盈小巧,像公主一样,而且还非常聪明,什么都会做——画画、唱歌,还有……"

"是啊是啊是啊,"佛罗里达说,"就像你什么都知道似的。"

佛罗里达走进木屋,身后的纱门跟着砰的一声关上了。"达拉斯你看,看我找到什么了?"她手中有颗蛋,浅蓝色的,上面还有黑白交杂的小斑点。"小鸟蛋,对不对?"她说。

达拉斯轻轻敲敲蛋。"对着光,看看里面有什么。"

佛罗里达把蛋拿到窗前。"什么也看不到,只有一坨黑黑的东西。把蛋留下来,我们来孵蛋怎么样?"她冲上阁楼,轻轻地把蛋放在枕头下,再把枕头捧起来晃一晃。真希望可以偷看到里面。她这样想,于是就用指甲轻抠

Ruby Holler

蛋的一端,再把蛋放到手心,给蛋加温。接着她轻轻地捏了一下。

喀!黏黏的汁液从蛋壳里流了出来。

"我不是故意的。"她说。

隐约中有段很模糊的记忆浮上心头。那时候她还很小,三岁吧?坐在不知道谁家的厨房地板上,把蛋一颗颗地打破:喀、喀、喀……那些黄色的东西好漂亮啊。旁边还有罐花生酱,她看到自己胖胖的小手将花生酱抹在木头地板的缝隙中。

啪啪啪,有人打她的手。"我不是故意的。"佛罗里达叫,有人骂她,啪啪啪,她的手跟脸都在发烫。

是谁打我呢?佛罗里达在想。是某个麻烦的大人吗?是某个把我跟达拉斯要来了又送回去,好像我们是他们不合身的衣服那样的人吗?

在木屋阁楼里,她看着自己手中的破蛋,突然用力地把它甩到墙上。浓浓黏黏的蛋黄蛋白开始往下流时,她又从床上抓起枕头丢过去,接着又从别的床上抓起枕头不断地丢,一个接着一个。

"大坏蛋!"她骂道。

第十一章

嘀咕先生

谛乐还是觉得,应该是赛蕊——而不是孩子——陪他去泛舟,可是他不知道该怎么开口。

这天早上,赛蕊在他脸颊上亲了一下,以示早安。

"有这两个孩子在这里真好,是不是?"她像阳光一样笑着,怀着少见的好心情在厨房里团团转。

"精力充沛!是会传染的。"

"嗯。"谛乐咕哝一声。

"干吗呢你?"她边说边从烤箱里拿出一盘热麦饼。

"没事。"

"那就不要当个嘀咕先生。去看看孩子们起床没有,早餐后,你可以跟佛罗里达开始修理你那艘梦想之舟了。她也老在抱怨,你们两个应该很臭味相投才是。"

嗯,他想,说不定这孩子可以帮我把船修好。等修好了,我再跟赛蕊说她应该跟我去泛舟。那两个孩子可以回柏斯屯去。

第十二章

工 作

谛乐跟佛罗里达在谷仓里。"这艘船的确有点儿破旧了,是我父亲跟我在四十年前做的。这应该是独木舟,看出来了吗?船尾这里我们还特别设计过,可以装马达。"谛乐将船中间的防水油布拿走。"座位的地方需要重新打磨,边缘也是,还有两个地方会漏水。整艘船都需要好好儿地打磨跟修补。"

"等一下,"佛罗里达说,"难道要我把这艘我们要泛舟的船修好?"

"我们,是我们要把这个邋遢的家伙修好,你和我。"

"修这东西要花几百年啊?"佛罗里达问,"我从来没修过船。"

"没关系,我修过,而且不必几年,连几个月都不用。我们两周就能弄好。"

"两周?你的脑袋还灵光吗?哈,我懂了,我得夜以继日不眠不休地敲啊锯啊的。"原来如此,她想,真相终于大白了。好啦,我们今晚就搭火车走。

"你想做的时候再来做就行了,"谛乐说,"如果累了或是觉得无聊,就休息。你想你应该拿多少……一小时?"

"多少什么?"佛罗里达问,"多少水吗?"

"薪水,你每小时要多少钱?"

"你是说我的工作会有报酬?你会付我钱?"

"应该的啊,"谛乐说,"一小时多少钱?"

佛罗里达上下打量这个老人。他穿着旧旧的工作服,靴子都磨破了,鞋带不是断了就是打结。"五十分?"她说。

"五十分?一小时?"

"好吧,大头鬼,我不知道该多少,"佛罗里达说,"十分?五分?"

谛乐看着在阳台上的赛蕊和达拉斯说道:"赛蕊认为大概要五元钱。"

"一小时?"佛罗里达问道,"你是说我每做一小时,你就给我五元钱?你是这么说的吗?"

"我就是这么说的。"

"好吧,拍一下我的脑袋吧!我白天晚上都会在这里,连吃饭都不会停下来。一小时五元?"她真想马上告诉达拉斯。只要一个下午,她就可以赚够钱让他们两个跳上晚上的那班火车,离开这个小城。

赛蕊把书摊在阳台桌子上,交给达拉斯一支铅笔一沓纸。"好了,孩子,"赛蕊说,"我们来列单子,这趟康葛墩之旅我们需要带些工具。"

"什么样的工具？"达拉斯问。

"嗯，这书上说我们需要背包、望远镜……"

"要上哪里买这些东西？军人手中吗？"

赛蕊说："我想买新的。"

"你是说到店里买——新的？没人用过的？"

"我是这个意思。听起来是不是太浪费了？"

"你说的是全新的东西？给我们两个？"

"对！"赛蕊说。

新的东西。达拉斯可不敢相信，他从没有过新东西。嗯，也许在他和佛罗里达很小的时候有过一次，他们刚被送到哈培家去的时候，曾有过新玩具，可是不久就被送回孤儿院，哈培家就把玩具留了下来。

他试着去想新的东西，亮晶晶又干净，还有新东西的味道。他似乎看见自己拿着新的望远镜，爬到高高的树上眺望地平线。

第十三章

肉　汁

那天工作了一下午后,谛乐付给佛罗里达二十元,她拿了钱就冲向阁楼,给达拉斯看。"我们现在就可以走了,"她说,"就今晚。"

达拉斯伸手到床垫下拿出另外二十元。"看,她也付我钱了,一沓呢——我们有钱了。"他把钱拿出来摊在床上,把钞票捋平。"你还觉得他们是一对神经病吗?"

"这样给钱法?"她说,"给两个小孩儿,我敢保证,绝对是神经病。"

达拉斯盯着钱,重新把钞票排好拿到灯光下。他在想这些钱可以买什么可口的、甜美的果汁和新鲜食物,而不是孤儿院里那种难吃无味的东西。

"所以我们晚上离开,是不是?"佛罗里达问,"我们真的要去赶那班夜车吗?"

赛蕊在楼下喊:"达拉斯?佛罗里达?"

"我好像闻到鸡的味道了。"达拉斯说。

佛罗里达倚在扶手椅上。"对,还有馅儿饼。"

"我在想,"达拉斯说,"如果我们一天就赚这么多

钱,想想看两天可以赚多少。你不觉得我们应该多待一天吗?"

佛罗里达看看楼下的赛蕊。"自己做的馅儿饼哟,达拉斯。"佛罗里达把钱塞回床垫下。"多跟这两个神经病住一天大概也不会怎样。"

"对嘛,"达拉斯讲,"多待一天会怎样?我们等那班货车都等了十三年了。"

晚餐后,谛乐嘀嘀咕咕的。"那口破井,破桶子,我们干吗不装水管呢?"

"我喜欢那口井。"达拉斯说,"要我去打水吗?你教我。"

到了外头,谛乐说:"没什么好教的,就是将这条绳索钩到把手上,轻轻地、小心地把水桶放下去。"

达拉斯趴在井上望着下面。"下面有点儿吓人。"他说着,把绳索钩到桶把手上,将桶提过井边丢了下去。

"等一……"谛乐来不及说完,桶子就从绳索上松脱,他们听到下面传来咄的一声。

"桶掉下去了,"达拉斯说,"要拿另一个来吗?"

"在阳台上,"谛乐说,"不过得先想办法把那个桶捞上来,不然会生锈的。"他有点儿厌倦了。我已经老到不想再教孩子什么东西了,他想,这些我以前都教过自己的孩子。"你别管,"他跟达拉斯说,"我自己来。"

"好吧!那些木头做什么用?"达拉斯说,"你可以教我怎么劈柴,我喜欢用斧头,就像伐木巨人一样。"

谛乐想象达拉斯狂野地甩着斧头，说不定还不小心砍到自己的脚。"明天吧。"谛乐说。

"要不点灯笼怎么样？你可以教我怎么点吗？你们没有灯、自来水、电什么的，实在太厉害了，像拓荒者一样。"

谛乐脑中又出现达拉斯打翻灯笼，把整个木屋烧掉的画面。"明天吧。"谛乐说。

"嗯。"达拉斯应着，好像不太相信谛乐。他抬脚踢起一颗石子，然后转身跑向溪边。

赛蕊从阳台走了出来。"谛乐，你到底怎么了？那个孩子只是想学怎么做事。你最近到底吃错什么药了？"

"我也不知道，"谛乐说，"最近老是胡思乱想。我只想要那两个怪里怪气的孩子快点儿离开，让我们恢复正常生活。你干吗不跟我去泛舟，如果那样，我就跟你去康葛墩找那只什么鸟。"

赛蕊把手放在谛乐肩膀上。"听着，胡思乱想先生，我一点儿也不想用划船来折磨我的手，你也不是真的想陪我去找鸟，对不对。我知道对你来说，家里突然又有小孩儿是有点儿难以适应，可是我觉得应该再试几天，看事情会不会变好一点儿。好了，进去吃点儿蛋糕，不要再发牢骚了。"她拍拍他的脸颊，"你或许也该拿点儿蛋糕给佛罗里达吃。"

第二天早上在谷仓里，谛乐说："佛罗里达，你对木头好像有……有……有一套。"

"坏的一套,对吧?"佛罗里达问,"我搞砸了,是吗?"

"不是," 他说,"我的意思是说你好像有自己的一套,知道怎样修理。我通常不会这样做,不过……"

"我知道,我做错了。"

"不是错,是不一样。"他不想让自己折断她做好的,重新再做一次。只是她钉子敲得太用力,把木头都打凹进去了,亮光漆也一滴滴干在旁边。

"不过我确实毁了第一片,"佛罗里达说,"记得吗?"

"嗯。"谛乐回答。

"那瓶亮光漆呢?"她讲,"我打翻的那瓶?我不认为会有师傅先打翻油漆,再把脚踩进去,然后弄得头发都是,还……"

"你知道有一次我怎么了吗?"谛乐说,"我爸爸叫我去漆谷仓,红油漆,很鲜艳的红油漆。但那只脏兮兮的老猫老在我脚边转,挡了我的路,所以我就在它耳朵上点红油漆,结果它抓狂似的抓我手臂,上上下下这边抓那边抓,我气得把刷子泡到油漆桶里,想给那只猫饱饱地一刷,结果猫逃掉了,油漆洒在鸡身上,鸡来追我,啄啊啄的,我又沾了一身的油漆,我要找鸡算账,可是鸡逃掉了,油漆洒到猪身上,然后……你想象得到吧?不久整个农场就到处沾满红油漆了,所有动物都像发疯了。我老爸听到叫声,走了出来,还以为动物中邪了……"

"我猜你一定被痛打一顿,"佛罗里达说,"我猜你一定被从早揍到晚。"

"嗯,没有,"谛乐说,"这不是我老爸的作风。"

"不是这样吗?你说他没有把你抓起来剥皮,然后丢到布满蜘蛛网的地窖去?"

"没有,他只是坐在围墙上,嘴里咬着根麦秆说:'我看到一只红猫从广场跑过去,你看到了吗?'

'有的,爸爸。'我说。

'我还看到一只红色的鸡、一头红色的猪——你看到了吗?'

'你觉得我们该怎么办?有一只红猫、一只红鸡跟一头红猪。'我爸爸问我。

我只好跟他解释说,我会把那些红油漆弄掉。讲了我就得做啊!结果我花了快两个礼拜才把那些动物身上的红油漆清理干净。"

"难道你没挨揍?"佛罗里达说。

"没有。"谛乐觉得很意外,自己怎么会跟佛罗里达哇哇讲这个好多年前的红油漆意外事件呢?感觉上好像这个女孩对他施了魔法,她是怎么达到目的的呢?

佛罗里达上上下下打量这个谷仓,从底端那几扇开的门看出去,外头是一丛丛茂密的树。"你从出生就住在这里吗?"她问。

"差不多可以这样说,"谛乐解释,"我是在一艘船上出生的。"

"船上?出了什么事吗?你妈妈被赶出家门只好逃走,所以偷了一艘船……"

"噢,不是。我父母那时住在船上,一座小小的船屋,一直住到我七岁。后来我们找到了这地方,我是说这片土地,就盖了那间木屋,还有这间谷仓。"又来了,谛乐想,她又引我讲这些老掉牙的往事了。

"你自己的孩子也都是在这里长大的吗?"佛罗里达问。

"是的。"

"他们为什么离开?"

谛乐耸耸肩。"结婚啊,在大都市找到了工作。"他的手抚在胸口,为突如其来的悲伤感到有点儿意外,好像原先存放孩子的那颗心现在突然空了。

佛罗里达用手抚着她磨过的那片木头边缘。"你也不打他们吧?"

"不打。"

"他们一定是脑筋有问题才会离开这样的地方,"佛罗里达说,"在这里,他们可以成天在外面跑,还可以大叫、随地吐口水,爱做什么就做什么。"

谛乐放下手上的刷子,跑去打开谷仓的大门,望着外面整片"呐喊"。他想站在佛罗里达的角度来看这里,用儿女的眼光来看,还有用自己孩提时代的心情来看。

在屋后阳台,赛蕊一一读着达拉斯列出的工具单。

"我觉得你好像什么都想到了,"她说,"你想了很多很好的主意,很多我从来没想过的。"

"你说的不是真的吧?"

在学校里,达拉斯一直都坐在后排,坐在前排的才是会出主意的人。轮到达拉斯交作业时,老师会说:"来,乔恩会帮你想办法。"或是"我要的不是这个,邦妮会教你",要不然就是"要是你不会,就先乖乖坐着"。

家长会时,没有父母会到学校来看达拉斯的作品,也没有谁会在乎他的成绩单,所以他有没有做功课根本无所谓。上课时他老是呆呆地做白日梦,想象自己在安静的森林里,要不然就是想着饼干是怎么做的,或树是怎么长的。他不知道脑子里这些想法就叫主意。

但在呐喊红宝石这里的阳台上,赛蕊竟然说:"不,我说的是真的。你有一些很好玩儿的创意。我不确定我们需不需要滑板,但我们得再添置些物品,譬如像睡袋之类的小东西。"

她从窗口的书堆中抽出了一本。"现在我来给你看看最好的东西,这就是我们要去康葛墩找的东西——红尾巴摇滚鸟。"她翻开书,拿到他眼前。

"噢,好啊!"达拉斯正要继续说话,树上有阵骚动声引起了他的注意。"哇!"他说,"看到那只鲜艳的蓝鸟了吗?"

"达拉斯,那不过是只蓝雀嘛。"

"嗯,是只非常特别的蓝雀。"

"是吗?"赛蕊也追随他的眼光看了过去。

Ruby Holler

达拉斯在土豆泥中挖了一个小凹洞,舀进了搅得很均匀的淡棕色肉汁。"你很会做饭呀,夫人,"他说,"没有结球或颗粒。"

"而且吃起来也没有老鼠爪子的味道。"佛罗里达补了这么一句。

"嗯……"谛乐要讲话了。

"我想这是赞美的话。"赛蕊说。

那夜在阁楼里,达拉斯跟佛罗里达又添了两个甜面包、两个苹果到他们存放宝藏的松脱的地板下。

"在这里,晚上我不会饿肚子了,"达拉斯说,"你呢?"

"是不会饿,但以防万一嘛……"

达拉斯又在数钱了。"要是我们一个礼拜就存了这么多钱,想想看两个礼拜我们可以存多少钱……"

"一沓,"佛罗里达说,"我们马上就要变成亿万富翁了。"

"你猜亿万富翁都是怎么处理钱的?"

"见你的大头鬼,我怎么知道,"佛罗里达说,"也许他们会买很多很多很多的食物。"

第二天晚餐时,谛乐把一碗意大利肉酱面端了来。

达拉斯说:"你们两个做饭,真是不怕麻烦。"

"麻烦?"谛乐说,"我们喜欢啊。"

国际大奖小说

"一个人的麻烦是另一个人的快乐,以前谛乐的妈妈就这样说。"赛蕊也加进来解释,"而且,孩子离家后,我们就没什么机会做这么多了。"

"你们有几个孩子?"达拉斯问。

"四个,"谛乐讲每个名字的时候还轻轻点着自己的前胸,"博迪、露西、嘉礼跟罗丝。"

"你们想他们吗?"佛罗里达问。

"以前我们每天、每分钟都在想他们,"赛蕊说,"不知道如何打发多出来的时间。到现在有时都还觉得呐喊这里有点儿……太冷清了。"

谛乐盯着太太。她也会这样想。他清清喉咙。"不过,习惯了,我想。"

"怎么习惯呢?"达拉斯问。

谛乐用叉子卷着肉酱面。"嗯,首先,我们给自己做了一道'不——再——想——孩——子'卤肉,特别的食谱哟。"

"是啊!"佛罗里达说,"才不是卤肉让你们不再想孩子的呢。"

"我们有很奇妙的秘方。"赛蕊说,"抗忧郁的花椰菜和防烦躁的烤面饼,还有……"

"嘿,现在我们来了,"达拉斯讲,"也许你们又得准备一道'适——应——小孩儿'的卤肉喽。"

谛乐叉起一颗肉丸子。"是的,你以为我们昨晚吃的是什么呀?"

呐喊红宝石　46

第十四章

木　头

炉架上栖息了一排木雕小鸟,书架上还有一队迷你船队。佛罗里达专心地看着其中一艘船。"这都是不准摸的东西,对不对?"她跟达拉斯说,"我打赌要是有人碰了,手一定会被剁掉。"

达拉斯整个人趴过去,认真地看一只小鸟。"也许可以稍稍摸一下。"他说。

"摸这些东西的人搞不好会被枪毙。"佛罗里达说。

纱门猛的一下被撞开,打在门框上,赛蕊从阳台走了进来。他们往后退了一步,双手插在口袋里。

"你们在跟我讲话吗?"赛蕊说。

"没有,我没在跟谁讲话,我在对空气说。"佛罗里达说。

"我也是,"达拉斯说,"话就是会自己从我嘴里跑出来,我没有特别在对谁说。"

"我好像听到你们在说我们的鸟跟船?"赛蕊问。

"没有,"佛罗里达说,"什么鸟?什么船?"

赛蕊走到书架边说道:"这些船啊!"她又走到火炉

旁说道:"这些鸟啊!"

"哇,你看这些小鸟跟小船,达拉斯。你以前注意过这些东西吗?"佛罗里达说。

"没有,没发现过。"达拉斯回答。

"就算我以前注意过,也没摸过,"佛罗里达说,"大家都知道不要随便去摸这些小东西。"

"哦,"赛蕊说着,拿起了一只小鸟,"它没那么脆弱啦,是木头做的。来……"她给了达拉斯跟佛罗里达各一只鸟。

"天啊,你看这个,"达拉斯说,"好平滑呀,上面还有小羽毛跟小眼睛呢。"

"我的还有小爪子跟尖尖的小嘴巴。"佛罗里达说。

赛蕊又走回书架旁。"还有这些船也很坚固。"说完,她又拿下一艘船给他们看。

"这艘船还有座位跟船桨,"达拉斯说,"要是来了小精灵,就可以划这艘船到河上去。"他动了动桨。"哟,船桨掉出来了。哟,座位也有点儿松了。"

赛蕊在看这艘坏掉的船时,达拉斯倒退了一步,举起手臂,好像在证明不是自己弄坏的一样。赛蕊走向他,轻轻地把他的手臂从脸上移开,说:"没关系的。"

佛罗里达慢慢靠近达拉斯身旁。她把船扶正,还用力捏了捏手中那只小鸟。啵,小鸟的尖嘴掉到了地上。"我不是故意的!"她吼着,"我跟你讲过不应该让人家摸的。"佛罗里达把小鸟、鸟嘴跟船都推回赛蕊手中。"好

吧,处罚吧,我才不在乎呢。"

"处罚?"赛蕊说,"我不太会处罚人。"她耸耸肩后把断掉的鸟放回壁炉上。"有时候我也会打破东西,打破时,我会尽量把东西修好。我们有空再来修吧。"她退了一步看着壁炉说:"这些都是我们做的,谛乐做的船,我做的小鸟。"

"全部都是自己做的?用什么做的?"达拉斯问,"用现成材料,还是邮购买来的?"

"是我们亲手做的。"

"用什么做?"达拉斯又问。

"木头啊。"

"哪来的木头?"

"看那里,"赛蕊指着窗户,望着外面的呐喊。"呐喊红宝石大概有一百万棵树,我们的木头就是从那里来的。"

"就是这些普通的树?"佛罗里达问。

"就是这些普通的树。"赛蕊说。

佛罗里达冲到外面,用力拍着阳台外面的枫树。"像这样的树?"她大喊着问。

赛蕊也走到阳台,达拉斯跟在后头。"没错。"她说。

"你们怎么做的?"佛罗里达说,"把树砍下来,劈成一亿片小木片,然后……"

"不是,我们不必砍任何一棵树,"赛蕊说,"看那个篮子里。"

49 呐喊红宝石

国际大奖小说

达拉斯掀开一块盖在一个柳条篮上的布，里面有好多短短的枝干。

"像这样的枝干到处都是，我们把那些会对我们讲话的捡回来。"赛蕊说。

佛罗里达打量着她。"树枝会跟你们讲话？像疯子觉得东西会跟他们讲话那样？"

"也不是，"赛蕊说，"就是你看到了一根树枝，知道那根树枝希望你把它捡起来，也知道那里面躲着一只鸟或一艘船。"

达拉斯仔细看着其中一段木头。"什么？在这树枝里？有一只鸟或一艘船躲在里面？"他拿起一段木头敲着阳台的栏杆。"要怎么把它弄出来？"他第二次用木头敲打栏杆时，栏杆裂了。"糟糕。"

这时谛乐溜达到房子旁边。"有什么事吗？"他问。

佛罗里达跟达拉斯退到了角落。

赛蕊看了看达拉斯的脸，"没关系，"说完她转向谛乐。"谛乐，达拉斯想帮你修理阳台，晚上有空可以动手，我们有多余的刀吗？"

"你们在说什么，刀？"佛罗里达问，"拿刀要做什么？杀人吗？"

第十五章

深夜的谈话

"佛罗里达,"达拉斯轻声喊她,"醒了吗?"

"清醒得跟猫头鹰一样。"她说。

"记得我跟你说为了护照那玩意儿,我得去拍照吗?"达拉斯问。

"嗯,拍得不是很好,你的眼睛向下看了。"

"你知道赛蕊说什么吗?她说得先去办我的出生证明,我跟她说我没有出生证明。"

"我猜我们没有被生出来。"佛罗里达说。

"我们当然被生出来了,我们不是在这里了吗?只不过口袋里没有出生证明而已。"

"可是一定要有出生证明才能去办护照,对不对?"佛罗里达问,"你要上哪去弄一张来呢?有出生证明专卖店吗?"

"赛蕊说不要担心,她跟崔先生谈过了,他说会把东西准备好。"

"崔先生?那个愁眉苦脸的小气鬼?"

"嘿,听,"达拉斯说,"听到了吗?是火车。"

佛罗里达也听到了火车穿过远方山丘传来的微弱呼啸声。她把拼花被拉过来,盖住头,这火车听起来真寂寥。

柏斯屯小溪孤儿院后面的巷子里有两个男人。巷子太暗了,两个人的脸都看不清楚,不过其中一个划了火柴,亮光从他金色的牙齿上反射出光来。

"给你,"他把一沓钞票交给了另一个人,说,"只要嘴巴上拉链就行了。"

另外那个男人两根手指头扫过嘴唇说:"拉上了。"然后把钱放进口袋,转身,横穿过了铁轨。

在呐喊小木屋的楼下,谛乐爬上床,睡在赛蕊身边,两眼盯着天花板。"有两个孩子在上面感觉好奇怪哟,以前我们的小孩儿有那么笨手笨脚吗?吃得也那么多吗?"

"当然。"赛蕊说。

"我想我把那些事全忘光了,"谛乐说,"我们是好父母吗?"

赛蕊转过去看着他。"我们当然是好父母,我们也会犯错,也会担心多疑。有时候我觉得我们刚要把这个角色扮演到最好时,孩子却突然都长大离家了。也许正因为如此,现在要适应佛罗里达跟达拉斯就容易多了,因为我知道孩子会捅出什么样的娄子,也知道如何去爱他

们。"

谛乐坐了起来。"可是教他们刻木头时我差点儿没死掉!真怕手指头会飞出去。你有没有看到达拉斯刻的那只鸟——那只他用枫木刻出来,后来又丢进井里的鸟?他真是被那只伤痕累累的鸟气疯了。"

"佛罗里达刻的船还不是一样?"赛蕊说,"你看到她刻的那个小东西了吗?"

"在她烧掉之前?是啊,看到了。看起来更像水桶,不像船。"

"还记得我们的嘉礼吗?"赛蕊说,"有一次他刻坏了一块木头,气得点火把木头给烧了,差点儿连阳台都烧着了。"

"哦,记起来了,你还拿我那件最好的夹克去扑火,我记得你把嘉礼大骂一顿,后来又觉得过意不去,我就给他做了两个'请——接——受——我——道——歉'的派。"

"可是我们四个孩子当中,"赛蕊说,"只有嘉礼后来成为了最有天分的雕刻家。"

窗外,在蟋蟀的叫声中,有一只雪白的猫头鹰飞到枫树上,咕咕地叫着。

赛蕊说:"谛乐,你知道那天我跟达拉斯到柏斯屯,在达拉斯搬东西上货车时餐厅老板娘葛莉丝跟我说什么了吗?"

"说什么了?"

"她说姓崔的那一家都叫达拉斯跟佛罗里达是'麻烦双胞胎',葛莉丝告诉我们应该多加小心。"

"说不定我们把那两个孩子带进家门根本就是大错特错,"谛乐说,"说不定我们该把他们送回去。"

"谛乐!你不能像鞋子不合脚就退货似的把他们退回去。我是这样想的:达拉斯跟佛罗里达其实只是跟其他孩子一样淘气而已,也许你自己没发现,其实你也开始喜欢有他们在呐喊围着我们团团转了。别给我装样子,你可以不承认,但我还是看得出来的。"

谛乐伸手拿下沾在赛蕊头发上的一根线。"喂,如果我们各自带着他们上路——我不是说我们非得这么做不可,我是说如果——至少他们就不会成天混在一起了。一个小孩儿能惹出什么麻烦呢?我们应该管得住他们。"

"可是他们在一起才有安全感,"赛蕊说,"就像我跟你在一起就会有安全感一样。"

"这是给我的赞美吗?"

"我只是这样说嘛,没别的意思。"

"听到没有?"达拉斯说,"好像有猫头鹰在外头。"他爬到窗户旁往外望。

"为什么他们叫这儿是呐喊红宝石?"佛罗里达问,"你看到任何红宝石了吗?"

达拉斯的鼻子贴在纱窗上。"赛蕊说秋天时这里所

有的枫叶都会变成鲜红色,那些红叶就像百亿千亿的红宝石挂在树上。她还说,夏天雨后,所有叶子就像千亿片闪闪发亮的琥珀;冬天呢,在冰暴来袭后,像有千亿颗亮晶晶的钻石挂在树上。"

"那他们怎么不叫这里是呐喊琥珀?呐喊钻石?或是呐喊珠宝?"佛罗里达问。

"见鬼,我怎么知道。"达拉斯盯着黑黑的天空说,"我心里不好受,你看,赛蕊给我买了那么多新东西,我却没打算用,她得独自去康葛墩了。"

"我了解,"佛罗里达说,"那个老疯子一直觉得我们的船修得很棒,可他不知道他得自己一个人在弯弯曲曲的河道上航船了。"

"可是我们有自己的计划啊,对不对?我们要去搭那班夜车的。"

"我们没要求他们付钱,"佛罗里达说,"是他们自己给的,不是我们偷的,对不对?"

夜里,佛罗里达辗转反侧,在接二连三的梦之间醒醒睡睡。一开始她梦见有老鼠、蜥蜴在追她,然后又梦见在一条窄窄的河上划着独木舟,划得好用力。金色的阳光照耀在整个天空与河流上,有只金色的鸟冲下来,停在她膝盖上,对她说:"你看到我的宝宝了吗?我好想念我的宝宝。"

达拉斯梦见枝叶低垂的茂密大树,不远处还有一条清清小溪,溪底的每一颗石头都清晰可辨。他也看到了

国际大奖小说

每一片落在水面的叶子和在叶片间嬉戏的小鱼。在梦里,达拉斯从树下爬到小溪旁,那边有只很漂亮的银鸟在岩边飞跳。

银鸟停在达拉斯前面,趾高气扬地说:"有一个地方你可以去,在那里什么事都……"

"都怎样?"达拉斯问,"什么事都……怎样?"

可是鸟儿没有把话讲完。

第十六章

斧　头

"那两个孩子哪里去了？"谛乐在问。

"在外头的什么地方吧。"赛蕊回答,"可能在爬树,也可能在小溪探险。"她拍拍他的肩膀,"想他们吗？"

"胡说！"他讲,"什么声音？"

"我没听到。"

"听啊……窸窸窣窣的……那里……听到没？从地窖传出来的,有没有……听到没有？"

"我什么也没听到。"赛蕊说,"八成是我耳朵不行了,要不然就是你脑袋不行了。"

"我脑袋好得很。"

"好吧,有脑袋先生,可不可以帮个忙？够得着最高处的那个架子吗？"

谛乐踮着脚,忽然听到了咚咚声,然后又传来很大的嘎嘎声,接着是长长的咻咻声,接下来才砰的一声响,最后听到有个声音在叫:"树倒了！"他冲到门口,正好看到了他最心爱的小枫树倒下来的画面。小枫树旁边,佛罗里达双手捂着耳朵,达拉斯的手上拿着斧头。

谛乐转头看着赛蕊,她也跑到门边来了。"我最爱的枫树呀,"听声音他都快哭出来了,"他们把我最喜欢的枫树砍倒了!"

"我的天呀!"赛蕊喊了起来。

"嘿,谛乐!赛蕊!"达拉斯大叫,"看我们把挡在路中间的树砍了——全是我们自己干的,不用麻烦你们教我们怎么用这工具。"达拉斯挥挥手上的斧头,一副胜利者的姿态。

"拉住我,赛蕊,"谛乐说,"不然我真会挖个蛇坑把那两个孩子扔进去。"

"跟我来,"赛蕊说,"如果可能的话,把嘴巴也闭上,听到了吗?"

"我告诉你们,"赛蕊解释说谛乐是在他们的孩子都离家后种上的那棵树,他为那棵树担过心,很小心地照顾着,每天看到小树长高他都很开心,"你们显然不知道那是一棵很特别的树。不过林子里有很多已经老死的树可以让你们试斧头,也许空时你们可以帮谛乐做这件事。"

佛罗里达抢过达拉斯手上的斧头,扔到地上。"死斧头,烂斧头,臭斧头。"她看着达拉斯,"我猜他们也不会喜欢看到谷仓了。"

"还是早说好,"佛罗里达对着达拉斯讲气话,"可是最好有心理准备,看来我们要睡猪圈了。"

赛蕊摸着两颊:"谷仓?谷仓怎么了?"

"跟我来!"达拉斯说,"本来是要给你们惊喜的——还没完成,可是……"

"闭嘴!"佛罗里达喊。

达拉斯显然忘了佛罗里达的警告,他快步走到谷仓边,说:"进来吧!很凉快的!"

谛乐靠在赛蕊的臂膀上,跟着达拉斯走进去。佛罗里达走在后头,边走边踢着树干和石头。"刚才真应该赶快跑掉,"佛罗里达咕哝着,"我们八成会被活埋掉。"

达拉斯站在谷仓中间。"看这儿!变!灯光!"

谛乐和赛蕊看见谷仓侧边被挖出一个洞。谛乐的手用力按在胸口上,一下坐到了干草堆上。赛蕊的手紧紧合在一起,像是在祈祷。

"你们把谷仓打了一个洞吗?"赛蕊问。

"这是窗户嘛!"达拉斯说,"让你们到这里时光线好些。"

"帮我的谷仓开窗户?!"谛乐说。

"好了,好了,谛乐。"赛蕊说。

佛罗里达站在谷仓入口处。"听着,老头儿,"她朝谛乐吼道,"你每天都怨这里太黑,修那艘破船时什么也看不见,我们只是想帮你,可是你一点儿也不感激。走吧,达拉斯,我们离开这里吧。"

"等一下,"赛蕊说,"等一下,我们只是有点儿被吓到罢了,不是吗?谛乐?哇,好久没有人这么体贴地为我们着想了,是不是啊?谛乐?"

谛乐的嘴紧紧闭着,鼻子揪在一起,眼睛眯着。"嗯"是唯一能从他紧闭的嘴里冒出来的一个音。

"对,没错,"赛蕊说,"我现在站在这里,觉得等那扇窗户完工后一定会很棒。你觉得如何,谛乐?我们在这里这么多年了,从来没动脑筋想到可以在谷仓挖个窗户。这主意很棒吧?"

"嗯。"

第十七章

摇 摇 椅

谛乐走进木屋时,看到佛罗里达站在他和赛蕊的房间里。

"那是什么?"佛罗里达指着房间的角落问他。

谛乐望过去,没看到什么特别的东西。他环视了整个房间,"你没有又挖个窗户吧?"

"没有。"

"里面有讨厌的虫子还是什么奇怪的东西吗?"

"不是,我指的是那个像椅子的东西。"

"摇椅?"谛乐问。

"那是摇椅?"

谛乐都糊涂了。"佛罗里达,你是说你没见过摇椅吗?"

"哦,拜托,我也许看过一次照片,可是没见过真的。"

"这倒是件新鲜事。"谛乐说,"不过真是可惜,来,进来坐坐看。"

"不要,万一坐坏了呢。"

"坐不坏的,"他说,"来,看着,我坐给你看,不会坏的。"他舒服地坐进椅子,"这张摇椅用好久了,赛蕊和我

在这张摇椅上摇大了每一个孩子……"

佛罗里达转了身,好像要离开房间的样子。

"等一下,"谛乐说,"你要去哪里?来坐坐看。"

"你没耳朵吗?我说我不要。"

谛乐坐在那里摇着,回想着手中的宝宝,唱着、拍着、做着梦。想到佛罗里达从没见过摇椅,这让他心痛。

他在外头找到了佛罗里达,她正拿了一根树枝猛打着墙壁。他背对着她,好像在对树说话一样。"是啊,"他说,"如果有人想坐那张旧摇椅,那个人随时可以去坐,还可以把椅子摇到粉身碎骨,就算解体了,我们还是可以把它拼回去。"他拍拍最近的一棵树,慢慢地信步走到小径上。

佛罗里达用力拿树枝抽打着墙壁。"破烂椅子!"

第二天早上,赛蕊跟达拉斯在外头试指南针时,谛乐听到有嘎嘎声从他和赛蕊房里传出来。他站在房门外歪着头看。

佛罗里达坐在摇椅上,轻轻摇,她的腿上摆了两只从炉架上拿下来的木雕鸟。佛罗里达摸着鸟,轻声说着:"好了,好了,没事了。"

谛乐轻轻来到外头阳台,望穿树林直看到小溪和谷仓后的山丘。他坐在阳台的秋千上,想着自己的孩提时代——一个瘦瘦的、笨手笨脚的男孩跑过山丘去爬树。他也记得自己和一些孩子在爬那些树,比赛谁先跑到谷仓,然后一起挤到阳台秋千上。他想到自己手抱孩子坐

在摇椅上,他也想起了自己的母亲,她也坐过这张椅子。他十岁或十二岁时,有一次妈妈把他拉到腿上,边摇边说:"坐摇椅是永远不嫌大的。"

谛乐无法想象没有了树、没有了小溪、没有了谷仓的日子怎么过,也不知道一个孩子从没被抱在摇椅上摇过,心里是什么滋味。

第十八章

崔　家

柏斯屯小溪孤儿院里，崔太太坐在床边，看着崔先生团团转地在找袜子。

"听，"崔太太说，"听到了吗？"

崔先生停了下来，注意听。"听什么？"

"静悄悄的，"崔太太说，"幸福、安宁、绝对的静悄悄。"

崔先生放松了下来。"啊，"他说，"少了那一对麻烦双胞胎，这个地方真是好过多了。"他看看老婆，等待她的认同。

"没错，"她说，"少了不少麻烦。"少了叫声，少了吼声，少了骂人声。这两个孩子逼得她露出了最糟的一面，害得她自信心尽失，即使到今天她也无法真正安心，每次双胞胎被送到新家后她都有这种感觉，迟早他们又会被送回来，然后佛罗里达的故意就会更深，达拉斯则更与世隔绝，更笨手笨脚。他们会违反所有规定，将离开期间好不容易建立起来的安宁再次破坏殆尽。

少了双胞胎，柏斯屯小溪孤儿院还有十一个孩子。

Ruby Holler

在这个夏日星期二的早上,十个去参加教会营,唯一留下来的六个月大的孩子,现在被身体不太好的老助手茉耕抱到他们的房里来了。

茉耕敲敲崔太太的房门。"孩子的衣服穿好了,现在你要我给她做什么?"

"我也不知道,"崔太太打开门说,"来,给我看一下。"

"哦。"茉耕勉强交出了孩子。

孩子一到崔太太手上就紧张起来,不安地扭动,好像想挣脱出来一样。"不要动,"崔太太盯着孩子的眼睛小声叫,"不要扭来扭去。"孩子一听马上停止动作,睁大眼睛望着抱她的女人。崔太太把孩子放回了茉耕手上。"带她去散步或随便去干什么都行。"

茉耕把推车推到前院,眨着眼睛对宝宝说:"好了!好了!小宝宝,土拨鼠头目就要带你去散步了。"

崔先生很快走过走廊,经过所有窄窄的房间,到了后门。他溜到外头,疾步走进巷子,大约在离那里五十米左右的地方,有个只有一面屋顶的小棚屋,他走了进去。

进去后,他一屁股坐在一张鼓鼓的、有霉味的椅子上,说:"啊,天下太平了。"他把头往后靠在椅背上时,忽然有句话跳进他的头脑中:生命如雾。他张开眼望着这个棚屋,生命如雾?我自己想出来的吗?他喜欢这句话的声调——生命如雾……他在想是否该将这句子写下来。

有别人先讲过这句话吗？

他闭上眼睛，希望又有佳句能跳进脑海，可是心思却跑到了多年前曾在孤儿院里待过的男孩身上。

那男孩瘦小又安静，在一个夏天的夜晚，崔先生发现他躺在床上，神志不清，发着高烧。崔先生把太太找来："想点儿办法，他在生病，会死掉的！"他太太却说："冷静一点儿，不就是发烧嘛，每个孩子都会发烧。"

崔先生在长长的走廊里踱步，觉得很不安、很焦躁，最后走到达拉斯的房间那儿。他不知道为什么要打开达拉斯的房门叫："快跟我来！"然后就把睡眼惺忪的达拉斯拉到那个生病孩子的房间。"看着他。"崔先生求他。

达拉斯坐在那男孩床边，摸摸他的额头。"好烫啊，"达拉斯说，"烧得好厉害。"

"我知道，我知道，"崔先生说，"是不是该叫医生？"

崔太太又回到房里来，"就是发烧嘛，不能一有人发烧就叫医生来。你怎么突然发神经了？"

崔先生跟崔太太站在里面看着达拉斯将一块冷毛巾敷在男孩前额上时，那男孩睁开眼睛问："我是谁？我是谁？"

"你是乔伊。"达拉斯说。

乔伊努力睁大眼睛看着达拉斯，不一会儿就闭上了眼睛，没有了呼吸。

"他死了！"崔先生叫，"叫他活过来！"崔先生冲到乔伊身旁，在崔太太打电话叫医生时帮他做人工呼吸，还

按压着他的胸口。"来帮我,"崔先生催着达拉斯,"我不太会做。"

达拉斯不断将气吹进乔伊的嘴里。他可以感觉到乔伊的身体一直在变冷,变冷。

医生来了,用床单盖上乔伊的头,将他带走了。

第二天,崔先生到了墓园,站在自己父母的坟前。他的脑袋就像一个大大的空空的锅,他也不晓得为什么要到父母坟前,还有他到底想问些什么。

第十九章

石下基金

"闻到了吗?"达拉斯蜷缩在床上打了个哈欠。

佛罗里达闻了闻。"是煎饼,加了枫糖。"

从楼下传来叫声:"达拉斯,佛罗里达,早餐准备好了。"

"哦。"达拉斯边回答,边用鞋子丢佛罗里达,鞋子从她头上飞过,打碎了后头的玻璃窗。

"啊,大头鬼!"佛罗里达说,"我们好不容易连续两天没打破东西了。"

"什么东西碎了?"赛蕊问。

达拉斯倚在扶手上。"窗户玻璃碎了,"他说,"是我不小心打碎的。"

佛罗里达跟着达拉斯趴到扶手椅上说:"你现在想处罚我们了吗?"她问赛蕊。

"没有,"赛蕊说,"不想。你们想处罚我吗?"

"我们怎么会这样想呢?"佛罗里达问。

"没错,"赛蕊说,"我们来商量一下,只要你们不处罚我,我就不处罚你们。好吗?还有,谛乐会教你们怎么修那扇窗户的。"

佛罗里达用手肘碰碰达拉斯,低声说:"她可真是个怪异的傻瓜。"

早餐时,赛蕊问他们:"有人看到我那只蓝色的碗了吗——那个我用来装水果的碗?"

"在阳台上。"达拉斯说。

"可以帮我拿来吗?"赛蕊说。

"嗯,可是里面有东西。"

"什么东西?"

"虫子啊什么的。"

"虫子?"赛蕊问,"在我的蓝碗里?"

"还有一些土,免得虫子干掉。"达拉斯说,"要我拿来吗?"

"不用了。"

"用这只蓝碗有什么规则吗?"达拉斯问。

"规则?"

"把虫子放进去是不是违反蓝碗规则?"

"没有违反什么规则,"赛蕊说,"你想要我为那只碗订个规则吗?"

"不想。"

"可是大部分人都会订规则的。"佛罗里达说。

"哦,懂了,"赛蕊问,"谛乐,你知道我们这里有什么规则吗?"

谛乐搔着下巴说:"我想一下,哦,有,我们有一条规则,就是不能牵着驴子上屋顶。"

"神经。"佛罗里达说。

谛乐正在列泛舟必需品的最后清单。"再到城里一趟就行了,"他说,"你的钱够用吗,赛蕊?"

"需要到石下基金去拿一点儿。"她说。

"那是干什么的?"佛罗里达问,"银行吗?还是什么?"

赛蕊笑着说:"可以这么说。那是我们的私人银行,事实上是两个银行,谛乐一个,我一个。我用他的钱去旅行,他用我的钱去旅行。"

达拉斯边把枫糖往煎饼上倒边问:"为什么你们不用自己的钱去旅行呢?"

谛乐说:"这样这趟旅行就成了送给对方的礼物了。"

"这两个私人银行在哪里呢?"佛罗里达问他们,"这附近没看到有银行啊。"

"不是真的银行。"赛蕊说,"只是两个地洞。在石头下,懂了吗?"

"什么?"佛罗里达说,"你是说你们把一堆钱埋在地里,上面就拿颗小石头压着?"

"嗯,"谛乐说,"比这样复杂一点儿。"

"但也没复杂多少,"赛蕊说,"我们有一个金属盒子,盖在上面的石头也不小。准确地说……应该是大石头。"

"唉,赛蕊……"谛乐说,"我觉得我们不应该……"

Ruby Holler

佛罗里达停下了叉子。"等一下,你是说你们把一堆钱就那样放在地下?让每个小偷都能得手?"

赛蕊摇摇头。"不会的,从来没人会来呐喊。"

"唉,赛蕊……"谛乐叫。

可是赛蕊继续讲下去:"而且他们怎么可能找到我们藏钱的石头呢?"她的手指向对着整座呐喊的窗户。"你们知道那里有多少石头吗?大概一百万颗。"她很满意地笑了笑。"所以如果你们不介意收拾早餐的话,谛乐跟我要到我们的私人银行提点儿钱,然后进城去,好吗?"

达拉斯跟佛罗里达看着窗外,看着谛乐跟赛蕊爬上了山丘。

"我在想一件事,"佛罗里达说,"你也在想那件事吗?"

达拉斯点点头。"我在想着宝藏的事,你也在想这个吗?"

"没错,"她说,"我心里有点儿痒,想知道他们去了哪儿。"

"那也是我想知道的。"达拉斯说。

"我还想也许不该让他们自己去爬山,你知道我的意思吧?"

"大头鬼!他们整天都在爬这座山。"达拉斯说。

"可是,"佛罗里达催着说,"这次应该有人知道他们要往哪儿去,不是吗?"

第二十章

穿过呐喊

谛乐跟赛蕊在呐喊红宝石住了一辈子,清楚这里的每条岔路弯道、每条小径、每个狐狸洞、每个蜂窝。他们知道小溪哪里宽哪里窄,哪里深哪里浅。就算蒙着眼睛也可以走遍整座呐喊。

他们熟悉这里的每种植物、每棵树,虽然不知道植物的学名,却有他们自己命的名。野餐树就是树荫很宽、枝叶茂密的那棵,他们跟孩子经常在那下面野餐;旁边还有棵搔痒紫罗兰,以前小女儿每次碰到这棵植物就要发笑;还有靠近小溪的地方有个大熊树丛,他们的大儿子为此被吓得半死,以为真有只熊蹲伏在那里。

穿过野餐树丛,赛蕊和谛乐就分了手,分别走向对方的石下基金。赛蕊经过搔痒紫罗兰时忍不住想笑,她和谛乐这么多年来都没让对方知道自己藏钱的地方。直到最近,在谛乐六十岁生日那天,她给了他一张通往她石下基金的地图,让他可以随心所欲地花钱。到了她六十岁时,谛乐也同样给她一张到自己石下基金的地图。现在她觉得好像享有特权,知道怎么到先生的石下基金

去拿钱。走着走着,她跳过一根木头,感觉好像有人抹掉了三十年的时光,好像她的孩子又回到了身边。

谛乐走过大熊树丛,越过小溪,也同样在想着他怎么能跟赛蕊将石下基金的秘密维持了几十年。好像几十年来他们都觉得应该各自保有一个小秘密,至于为何要守这个秘密,他也说不上来。

然后他又想到赛蕊说过"呐喊在孩子们离开后好像太空了一点儿",这就像另一个他们都不想说穿的秘密。他想不通为什么他们不将这件事讲出来?为什么他们都装得好像孩子们离家对他们一点儿影响也没有。

佛罗里达跟达拉斯来到呐喊才几周而已,虽然他们在山丘跑上跑下,在溪涧大声叫喊、两个人互相丢泥巴、在草丛打滚、爬树、随便在一个地方吐口水,还在河岸挖虫,但只要看不到木屋,顿时他们就失去了方向感。

"我看他们是从这儿爬上去的,"佛罗里达说,"可是后来他们就分开了。你看到他们往哪儿走了吗?"

达拉斯想象自己是正在跟踪前往藏宝地点的海盗。他眯起眼睛眺望着领地。"消失了!"他说。

"嘘,我走这儿——我确定那老头儿是走这条路的。你走上面那条,看能不能追上那老太婆。"

"他们有名字嘛,佛罗里达。"达拉斯说。

"你今天早上怎么搞的,这么吹毛求疵?"

"没什么,只是生气没跟踪好而已。"他蹲得低低的,在察看地上的脚印,然后往山丘上爬。

第二十一章

失物招领

"达拉斯,佛罗里达!"谛乐喊。

"他们不是知道我们拿了石下基金就会回来吗?"赛蕊说,"你想他们会上哪儿去?"

谛乐坐在阳台台阶上,从口袋里拿出一段木头跟一把雕刻刀,把木头削成细片。"他们可能去追松鼠了吧。"他踢踢脚下的木屑,"我不习惯等人,会浑身发痒。"

赛蕊也从口袋里拿出雕刻刀和一段木头。她把玩着木头,先闭着眼睛用指尖感觉,然后开始轻轻地用刀削,木屑掉到了台阶上,跟谛乐的混在了一起。"谛乐,知道我刚才在想什么吗?"

"博迪?"

"我们的儿子博迪。"

"我晓得响叮当的博迪是谁,"谛乐说,"我只是问你在想他什么?"

"记得他差不多,嗯,十二岁时,觉得自己一定是个孤儿那件事吗?记得吗?那个夏天,他忽然认为自己是不小心被留在我们家的孤儿。"

"然后他就跑到谷仓住了一阵子。"谛乐说。

"整整两个月。"

"对,我想起来了。我跑去问他想吃什么,他说他靠虫子跟外面的东西就可以了。"

"虫子!"赛蕊说,"我到现在还不太确定那时他到底吃些什么。我猜其他孩子一定偷拿了东西给他吃了。"

"我也不时偷拿食物去给他。"谛乐承认。

"好吧,我承认我也一样。我把食物留在谷仓门口的一个篮子里。"

"后来他是怎么决定不再住谷仓的?"谛乐问,"你还记得吗?"

"我们烤了'不——再——当——孤——儿'的饼干,有三层巧克力,你知道的,就是你妈妈教你做的那种嘛。"

"哦,对,博迪最爱吃巧克力了。"

"再喊喊他们吧。"赛蕊说。

"达拉斯!佛罗里达!"

从远处传来不很清楚的回答,谛乐和赛蕊把刀子收进口袋站了起来。

"我知道声音从哪儿来的,"谛乐说,"从大熊树丛。"

他们发现佛罗里达卡在河对岸的一片树丛里。

"我全身都被钩住了,"佛罗里达骂着,"这些笨树丛、烂树叶卡住我了。"

他们救出她时,又听到达拉斯从另一座山丘传来叫喊声,比搔痒紫罗兰跟野餐树还远的地方。

"救命啊!蜜蜂!救命啊!"

"啊!"赛蕊说,"我想我们知道他在哪里了。"

他们一起走回木屋时,谛乐问:"你们在追什么吗?"

"没有,"佛罗里达说,"我们什么也没追。"

"你们怎么没在家等我们?"赛蕊说,"我们不是说马上回来吗?"

达拉斯还在向空中挥舞着,在驱赶早就不见了的蜜蜂。

"我们是担心你们,"佛罗里达说,"是不是,达拉斯?我们担心你们迷路了,或是在那边受伤了。"

"迷路?"谛乐说,"我们?怎么可能,这个地方的里里外外、前前后后、上上下下我们都熟得不得了。"

"不过真谢谢你们为我们担心,"赛蕊说,"我们这两个老人已经不太习惯有人担心了。"

谛乐跟赛蕊坐在阳台秋千上。在远处,达拉斯跟佛罗里达在河岸挖着什么。

"我们实在不该跟那两个孩子讲石下基金的事。"谛乐说。

"为什么?"

谛乐摸摸下巴。"我就是觉得不太对劲,让那两个孩子知道我们的钱埋在那边。"

"你不是在说他们会去偷吧？"

"也不知道我在担心什么，只是觉得让一无所有的孩子知道太多，好像在诱惑他们。"

达拉斯在挖河岸的泥巴。"佛罗里达你差点儿给我们惹出一堆麻烦。"

"我没有，你为什么这样讲？"

达拉斯从土里拉出一条长长的红虫。"因为是你说去跟踪他们，看钱藏在哪里。"

"那不是我的主意，是你的主意。"佛罗里达说。

"才不是呢。"

"就是。"佛罗里达朝达拉斯丢了一坨泥巴。"我只是担心他们的安危嘛，就是这样。"

"我也是。"达拉斯讲完也把虫子丢了过去。

"住手。"佛罗里达双手接住了虫子，把它放回泥土里。"你猜他们有多少钱藏在那里？"

"不知道。"

"也许百亿千亿万亿。"佛罗里达走进河水里，踩着一块块的石头横穿过小溪。她想到摸了哈培家的钱，哈培先生有多生气；还有哈培先生把达拉斯手上的钱罐子抢过去还大声骂他时，她有多生气；她又想到她把那钱罐子抢过来，摔在地上，一堆硬币跟碎玻璃一样撒了一地。

佛罗里达跨过河中的石头说："达拉斯，钱会惹祸，我不想知道他们的钱在哪里，永远永远都不想知道钱在

国际大奖小说

哪里。"

"嘿!"达拉斯说,"我想我们也来把钱埋起来怎么样?"

"什么?你的意思是说也藏在石头下?"

"没错,很好玩儿呢,就像藏宝一样,我们自己藏的宝。"

"可是我们很快就要离开了,不是吗?"

"是的,"达拉斯说,"但我们还是可以先来藏宝,好吗?"

"就听你的吧,达拉斯老板。"

第二十二章

柏斯屯之行

达拉斯和佛罗里达随着谛乐和赛蕊回过柏斯屯好几次,但每一次这对双胞胎都表明他们不愿意靠近那栋立在铁轨旁、褪色的柏斯屯小溪孤儿院。

"你们不想进去看看朋友吗?"赛蕊问。

"我们认识的人可能都离开了。"佛罗里达说。

"里面的孩子进进出出那么频繁吗?"谛乐问。

"像旋转门一样进出不停。"达拉斯说。

"你们两个在那里多久了?"赛蕊问,"介意我问吗?"

"介意什么?"佛罗里达说,"我们比谁待得都久,大概已经一亿年了。"

"我们的旋转门会马上又把我们送回去的。"达拉斯说。

"哦。"赛蕊说。

"我们就等于麻烦,"佛罗里达说,"而且是双倍麻烦。"

"你们知道以前我儿子博迪都怎么叫自己吗?"赛蕊说,"叫麻烦先生。其实他不比别的孩子麻烦,可是有一年夏天,他就是觉得自己什么事都做不好。"在离开呐喊的路上,赛蕊跟他们讲了博迪怎样认为自己是个孤儿,所以跑去住谷仓的事,后来还是谛乐跟赛蕊用"不——再——当——孤——儿"的三层巧克力饼干把他劝回来。

"你怎么会想到跟我们提这件事?"佛罗里达问。

"我不晓得,"赛蕊说,"就是想起了这件事。知道吗?说起来我跟谛乐也都是孤儿。"

"不是吧。"达拉斯说。

"理论上来说是的,我们都是孤儿,"赛蕊说,"我们的父母都不在了。"

"这不一样。"佛罗里达说。

赛蕊拍拍佛罗里达的手。"你说得没错,佛罗里达,这种说法有点儿笨,对不起,我没经大脑就讲出来了。"

"嘿,"佛罗里达说,"昨天你做的三层巧克力饼干,是不是就是你说的'不——再——当——孤——儿'饼干?"

赛蕊碰碰谛乐。"谛乐,你昨天是不是用了那份食谱?"

"不十分确定。"谛乐说,"好了,我们聊够了,柏斯屯到了,我们来计算一下吧。"

赛蕊说:"我知道你们不想听,可是我们得去崔……"

"别说,"佛罗里达说,"别提他们的名字。我们不去,你们也不要去。"

"对,"达拉斯说,"我们要是再跨进一步,他们一定会把我们丢到满是蜘蛛网的房里去,还把门锁起来。"

"哦,等等,"赛蕊说,"别那么夸张……"

"不去,"佛罗里达说,"你们去的话,我现在就跳车。"

"好,好,"赛蕊说,"你们不必去,别担心。我们等会儿就在葛莉丝餐厅碰面,怎么样?"

大家在各办各的事时,赛蕊溜到了法院后面的一条巷子里。那里一边是铁轨,另一边是荒地,上面有些别人不要的车子跟几间破旧棚子。从这里她可以看到歪向一边的柏斯屯小溪孤儿院。巷子里满是废纸、锈掉的车,还有旧轮胎、空汽水罐。赛蕊加快脚步,在这个不熟悉的地方她觉得很不自在。

达拉斯跟佛罗里达站在葛莉丝餐厅外的走道上,门开了,崔先生拖着腿走出来。

"哇!哇!哇!"他不停地说着,"麻烦的双胞胎。"

达拉斯跟佛罗里达听后都倒退了几步。

甜点心渣沾在崔先生发亮的蓝衬衫上。"人呢?那对老夫妻呢?他们不会是要把你们送回来吧?"

佛罗里达又倒退了两步。"不是,他们不是要送我们回来,我们是来为出门的事添购东西的。"

"哦?"崔先生看着对面街角的红砖银行,"他们去里面取钱?"

"那破银行!"佛罗里达说,"才不呢,他们不需要银行。"

"不需要？"崔先生从衬衫上捏起了一小块碎屑，塞进嘴里。"我印象中那两个老家伙很有钱啊。那些收藏家愿意花很多钱买他们雕的那些小东西。"

"可是，他们不需要来破银行存钱，"佛罗里达说，"他们有石下基金。"

"对吗，"达拉斯说，"他们在呐喊有私人银行，藏在石头下。"

"是吗？"崔先生说，"真聪明。"

"我和达拉斯也有我们自己的石下基金。"佛罗里达说。

"真不错。"崔先生看着自己的表说，"你们什么时候出远门？"

"很快。"佛罗里达说。

崔先生看看天空。"很好，祝你们好运。"他拍掉衬衫上的碎屑，说，"我得走了。"然后就往人行道走去。

"他高兴什么？"达拉斯问。

"高兴甩掉我们吧。"佛罗里达说。

赛蕊穿过垃圾巷，从后门走到柏斯屯小溪孤儿院。在绕往前门时，她听到了崔太太的声音。

"现在就给我停住，"崔太太命令，"闭嘴。"

赛蕊听到婴儿的哭声，看到崔太太趴在婴儿车上头，一张脸直贴到正在哭的那个孩子脸上。"给我闭嘴。"

Ruby Holler

崔太太又吼了一次。

"你是在骂小婴儿吗?"赛蕊说。

崔太太很快直起身子转向赛蕊。"这孩子真吵,"她说,"跟那两个双胞胎一样。"

赛蕊点点头。"很多孩子都是这样的。"

崔太太看起来有点儿生气。"你说好像这很正常一样,我可不这么认为。简直快把我逼疯了!"崔太太转头看看房子四周。"你想把双胞胎送回来吗?"

"不是,"赛蕊说,"是你先生要我来拿达拉斯的护照。"

"哦,"崔太太说,"那你进去,茉耕会找给你。我先生不在家。"她推着婴儿车说:"你是不是应该留下来点钱?"

"是吗?"赛蕊说。

"当然,办护照要钱,花这么多工夫也要钱。"

"办这个需要很多工夫吗?"

"是的,"崔太太说,"我记得你欠他三百元。"

"三百元?真的吗?我办护照时没花多少钱的。"

"剩下的是工钱,"崔太太说,"手续费、文件费什么的。"

赛蕊往里面走的时候,崔太太问她:"双胞胎呢?还好吗?"

"好得很,"赛蕊讲,"一点儿也不麻烦。"

第二十三章

一切就绪

佛罗里达用手摸着船的边缘,不敢相信她跟谛乐真的把船修好了,她真希望还有什么东西可以修。也许这是一件我做起来不算太糟的差事,也许我妈妈或爸爸就是很巧的人。她望着谷仓,望着那些光秃秃的、高高的椽子,觉得有点儿伤心,事情已经接近尾声了,而那两个老人还不知道他们的出逃计划。

到了木屋的阁楼上,她看到达拉斯正要试新靴子。

"船修好了,"佛罗里达说,"你要看吗?"

"好了?全部都好了?"

"没错。那个老太婆呢?"

"她叫赛蕊,"达拉斯说,"别再叫她'老太婆'了。"

"我喜欢怎么叫就怎么叫。"佛罗里达说,"别想教我,你又不是老板。"

那天下午,他们取回了埋起来的钱。晚上,在阁楼里,他们往鞋里塞了点儿钱,又往口袋里塞了些,还有一些放到背包里。

Ruby Holler

"我要留下足够的钱付给他们为我们买的背包,"达拉斯说,"还有手电筒跟靴子。这些都用得上,我还要留点儿钱买那两把雕刻刀。"

"我还要留下睡袋钱,"佛罗里达说,"我们一定用得上睡袋。只要我们留了钱,就很公平了,对吧?我们没有胡乱带走他们的东西,对吧?"

"对,"达拉斯说,"现在只要等他们睡着就行了。"

"然后我们就离开这里。"佛罗里达说,"夜车,我们来了!"

今晚,达拉斯跟佛罗里达都变得很安静,两人面对着窗户,在等猫头鹰。他们有点儿忐忑,有点儿难过,两人都不明白为什么会这样,因为这个晚上是他们等了很久很久的时刻。

"谛乐?"赛蕊说,"睡着了吗?"

"你叫我之前是睡着的。"谛乐说。

"不过你现在醒了?"

"我有选择权吗?"

"你当然有选择权,"赛蕊说,"我又没有逼你一直醒着。"

谛乐打了个哈欠。"什么事?"

"记得达拉斯跟佛罗里达刚来时,你问过他们几岁,什么时候生日。记得吗?"

"当然记得。"

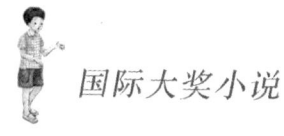

"你记得他们的生日吗？"

"七月二十九日，"谛乐说，"你就是为这事吵醒我的吗？"

赛蕊小声说："你记得崔先生说他会把达拉斯的护照申请好，还有出生证明那些话吗？"

"记得，我的脑袋还没有全部坏掉。"

赛蕊敲敲他的前额说："我知道。今天我看护照时，发现他们的生日不是七月二十九日，是三月三日。"

"差很多，"谛乐说，"三月和七月……"

"你想他们为什么连自己的生日都不清楚？"赛蕊问。

"赛蕊，大半夜的，我的脑筋不太管用，不太会想，马达关起来了，引擎也……"

"好好好，我懂你的意思。"赛蕊说完就吹熄了蜡烛。

没多久谛乐就又鼾声大作，只剩赛蕊躺在那里，听着夜晚的声音。

在阁楼上，达拉斯闭着眼睛。一个好久以前的三重奏画面马上跳了出来，好像舞台上的舞者从幕后溜出来一样，飘浮在他心的舞台上，是柯仁北先生、太太和他们留着卷卷黄发的女儿吉吉。

被送到柯仁北家时，达拉斯和佛罗里达只有七岁。

"你们很幸运，"柯仁北太太曾这样告诉他们，"能跟我们在一起，还有吉吉妹妹。"

夜里，吉吉会到达拉斯跟佛罗里达的房间朝他们吐口水。有天晚上，吉吉吐完口水后，达拉斯给了她肚

子一拳。

"你这个笨流氓,"柯仁北太太对他说,"这样打一个小女孩!你要是再碰她一下,你会连头都来不及转就被我赶出去。"

第二天晚上,吉吉又到他们房间来,在佛罗里达的床上跳。"你的头发很丑。"她边扯她的头发边说。

"住手,你这只小蟑螂,"佛罗里达说,"我会痛的。"

吉吉却更用力地拉,把佛罗里达的头发扯掉了一撮。那天夜里,佛罗里达溜进吉吉房间,把她所有的娃娃拿了出来。

"醒醒,达拉斯,"她说,"我们有不少头发可以拔了。"

柯仁北把佛罗里达跟达拉斯送回柏斯屯小溪孤儿院时,柯仁北太太把一袋光头娃娃倒在崔先生桌上。"这对双胞胎是神经病。"柯仁北太太这样说。

"达拉斯?" 佛罗里达轻声喊他,"我们是不是该走了?你猜他们睡着了吗?"

"嘘,"达拉斯坐起来,探身去拿靴子,"我猜他们应该睡着了,大概不会听到了。"可是他实在不想站起来,像被粘在床上一样。

佛罗里达坐在对面床上看着他。"我们走了,不知道他们会怎么想?"

"嘘……别说话。搞不好他们什么也不会想。"

佛罗里达把拼花布拉平,舔舔手指,抹着布上的一个污点。"你觉得他们不会急得心脏病突发吧?我们偷跑不会把他们吓死吧,会吗?"

"去你的大头鬼!"达拉斯说,"你为什么要这样说?你不说,我根本就没想过这回事。"

"算我没说,"佛罗里达说,"他们说不定会松口气,说不定会很高兴不必再煮东西给我们吃。说不定他们会很高兴不必带我们上路,搞不好还会庆祝一番。他们也许……"

"好了,好了,"达拉斯说,"要上路最好快点儿。"

"什么?现在?"

"现在。"

第二十四章

谛乐与赛蕊

谛乐的眼睛紧闭着,可是没睡着。他希望自己可以梦到如塔琶果河之行,有时他可以做到,真的让自己梦到想梦的事。这种情况通常发生在他心里有事时,他希望梦可以帮自己理出个头绪来。

第一次出现这种现象时,他们的二女儿露西还在学走路。露西那时生重病,几个礼拜都脸色苍白,奄奄一息。医生做了好多检查,小女孩手臂上都是针孔,这里那里挂满管子。检查后,谛乐和赛蕊带露西回家等结果,离开医院时,谛乐说:"她什么都不吃,只吃冰棒,橘子冰棒。怎么办?该喂她什么?"

"给她吃冰棒,"医生说,"反正没害处。"

那个晚上,谛乐要自己去梦露西,希望找出她的病因。在梦中,露西躺在小床上,拿着一根正融化的橘子冰棒。橘子水滴下来,变成红色的,红得像血,碰到她皮肤还发出恐怖的嘶嘶声。"爸爸,冰棒弄痛我了。"露西在梦里这样跟谛乐说。

第二天谛乐醒来后,就把橘子冰棒统统丢掉。接下来他烧了一锅开水，还把一些植物放进去煮成"赶——快——好——起——来"的汤，从此他发明了自己的食谱。谛乐对露西说冰棒在夜里不见了，天使给她换了一锅露西汤，而且只给三口。喝完一碗后，她又要了第二碗。那天下午，她就爬起来在阳台追博迪了；第二天，她可以跑到溪边，脸颊红润，两只小手臂像翅膀一样在身旁挥动。

过了一个星期，谛乐独自回到医院，医生带着歉意说："检查不出原因，还得继续检查。"

"不用了，"谛乐说，"是冰棒，都是橘子冰棒在作祟。她一定是对橘子冰棒过敏。"

医生一副要教训人的模样说："我不认为……"

"相信我，"谛乐说，"就是橘子冰棒。"

现在，他躺在木屋的床上，想着即将来临的湍急的如塔琶果河之行，他又一次想要做梦了，这回他希望梦可以告诉他该不该进行这趟行程。要离开赛蕊让他有点儿焦虑不安，带个佛罗里达在身旁也令他紧张。他会有足够的耐心吗？

在他身旁的赛蕊也同样醒着，也同样在想着即将到来的旅行。长久以来，她就一直梦想着这样一趟属于自己的行程——没有谛乐同行。她几乎一辈子都跟他在一起，她想知道独行的她会有什么样的改变。她会有不同的想法吗？会做不同的事情吗？独自一个人的时候，她会是谁？

Ruby Holler

她慢慢地睡着了,可是又被谛乐的鼾声吵醒,她起身到客厅,打开角落的箱子。里面装的是她过去的点点滴滴:最上头是几个孩子的结婚照片;下面是孩子小时候画的图;再往下有一张她十九岁时的照片,在一家咖啡厅前拍的,地点在纽约市。

赛蕊凝视着年轻时的自己,长长的深色头发,细嫩的肌肤。她是在纽约上的大学,当时她那么兴奋,那么贪婪地享受着那个忙碌都市里的每个声音,每种味道。她在那里待了两个礼拜,直到有一天,谛乐出现在她房门口。

"我决定也来这儿,"他说,"我想你。"

"不行,"她跟他说,"你回家吧。"

"家?"他说,"我要跟你待在这里,我会找个工作,然后……"

"你不能在这里,"赛蕊说,"快回家吧。"

她生硬地把门关上,先是生气,后来又为自己的举动羞愧。他目瞪口呆地站在那里。

一个礼拜后,从呐喊红宝石寄来一张明信片。谛乐在上面写着:"枫叶像红宝石一样燃烧着。"

又过了一周,另一张明信片寄来:"枫叶变金色的了,柳叶沿着小溪漂着。"

谛乐就这样一直写,接下来的六个月,每个礼拜都寄来一张明信片,每一张都写着呐喊红宝石的情景:初雪下来了,冰暴在树上点缀了百万颗耀眼的钻石。他用几百个句子描述她离开的那个地方,就是没一句提到他自己。

到了春天,赛蕊逐渐开始无法忍受这个都市的噪音,那些轮胎的摩擦声、叭叭叭的喇叭声,还有轰轰的掘土机声。连那些让她兴奋的都市味道,现在也激怒她了:香肠和甜甜圈,沥青和尿腺味,汽油和臭水沟。所以当谛乐寄来明信片说小溪旁的番红花冒出了紫色花朵,新叶子像祖母绿一样挂着时,她就收拾行李回到了呐喊红宝石。

在木屋中的箱子里,赛蕊在纽约市那张照片的下面,有她跟谛乐结婚那天拍的照片。她仔细看着谛乐细致的皮肤,高高挺直的背,还有迷人的笑容。她盯着年轻的自己。这里面的你是谁啊?她问照片里的赛蕊。

赛蕊合上箱子,说不定他们计划的这两趟旅行都很笨。她穿过房间走到爬往阁楼的梯子下,除了谛乐偶尔传出来的鼾声,今晚木屋实在异常的安静。

第二十五章

呐喊的夜晚

夜晚的呐喊红宝石变成了一个阴森、幽暗的地方,到处充满阴影与寂静。不过阴影与寂静都是骗人的,阴影下有大大小小各种形状的生物在跑来跑去:有动作利落的蝙蝠会俯冲下来,有团团转的浣熊,有扑着翅膀的飞蛾和狡猾灵巧的山猫。在极端静寂中,会有呻吟声、号叫声、嘎嘎声、吱叫声和咕咕声。小径,在白天看来好像是很清楚的路,在夜里却九拐十八弯的,有时还仿佛在浓密的夜色中隐没。大石头不知从哪来的,赫然耸立在前方;倒了的大树横在小路上,树根、坑洞和沼泥绊着不熟悉这环境的陌生人的脚。

走进这黑暗、茂密的迷宫,佛罗里达和达拉斯真是举步维艰。离开木屋不到十分钟,他们两个就陷在浓密的树林里了。

"这个笨树丛怎么会在这里呢?"佛罗里达咒骂着,"以前从没见过。走这条路干什么?"

"一定是又绕回来了,"达拉斯说,"这里还真黑呀。"

"我从没见过这么黑的地方。"佛罗里达说。

"那个吓死人的缺牙疯子,他的地窖不是也很黑吗?"达拉斯问。

"那个有陷阱门的地窖?有蜥蜴跟老鼠的地方?都非常黑,非常黑。"佛罗里达边拿棒子打着、踢着,边想办法要杀出丛林。她讨厌想起那个缺牙疯子吓人的家,却还是记了起来。这件事一直在她心里撞来撞去,冲撞着她每一个细胞。

那个恐怖缺牙的朱立普先生跟他瘦巴巴又神经兮兮的太太第一次到孤儿院来时,达拉斯和佛罗里达几乎是从第一眼起就怕他们了,他们一直试着让这对夫妻不对他们产生兴趣。

"我们又吵又脏。"佛罗里达说。

"而且笨手笨脚。"达拉斯补充。

朱立普先生盯着他们,他太太在一旁紧张地把手指弄得喀喀响。崔先生则坐在另一边咂着舌头。

"他们不会比别的孩子更吵更脏,"崔先生说,"就年纪来看,这两个孩子算是很强壮了。"

朱立普先生点点头。"对。"

"我们很笨,"佛罗里达说,"我连书都不会读。"

"她会读的。"崔先生说。

"不会,"佛罗里达说,"不然试试看。随便给我一本东西,打赌我一定念不出来。"

"真的,"达拉斯说,"她不会读。我呢,前一分钟讲的,后一分钟就忘了。你叫我做事,你话还没说完我就忘

光了。"

可是达拉斯跟佛罗里达还是被逼着跟朱立普夫妇回了家。在去朱立普家的路上,没有人说话。直到车子开到一座有破窗户和摇摇欲坠的阳台、屋顶有洞的烂房子前时,没有人说过一句话。

"我不想住在这里。"佛罗里达说。

朱立普先生打开后车门,把佛罗里达拉出来。"会的,你会住在这里的。"说完转向他太太。她的手指在脖子上跳跃,像在弹奏乐曲。"好了,"朱立普先生说,"你要孩子,现在有孩子了。"

才进房间不到几分钟,朱立普先生就开始发号施令了:"有口井需要挖,那是你们明天的工作。"

"你在开什么玩笑?"佛罗里达说,"哪有叫人挖井的,都用机器挖的嘛。"

"我们这里没机器,"朱立普先生说,"但有你们两个。"

"抱歉,先生,"达拉斯说,"我们没有办法帮你们挖井。"

"你在跟我顶嘴吗?"朱立普先生说,"这里的第一条规矩是不准顶嘴。懂了吗?"然后,他把通往地窖的门打开说:"进去,去看看,下面有很多好东西。"

达拉斯走下梯子,佛罗里达跟在后面。他们刚进去,门就关上了,还被上了锁。里面一片漆黑,伸手不见五指,有东西从达拉斯的脚前爬过。

那个地窖很恐怖,整个晚上又冷又湿的,还要跟一

群臭得要命的老鼠、蜥蜴、虫子相处。

现在,迷失在呐喊里,佛罗里达跟达拉斯说:"这里不会有老鼠吧?"

达拉斯望着黑黑的夜幕。"干吗这样说?别再提老鼠了。"

"我只是不想让任何长胡子的东西来啃我的脚罢了。"佛罗里达说。

"不要再说了,我不想听。哇!那是什么?看到了吗?"

佛罗里达双手抱着头。"像飞鼠之类的东西。"

他们就这样继续往呐喊深处走去,跌跌撞撞,跟跟跄跄,手脚并用。他们踩过树叶,爬过石头,横穿小溪,溜下河岸,在树丛中艰难前进。

"我们连自己往哪儿走都搞不清楚,对不对?"佛罗里达质问着,"我们可能在荒野中迷失了——迷失在荒野中,没人来过,也没有人能让我们活着出去。"

"我实在不懂,"达拉斯说,"怎么好像有人来这里把所有东西都移了位,故意混淆我们的方向?"

"你知道那班夜车会从哪里经过吗?"佛罗里达问。

"我有个主意……"

"是好主意吗?"

"我不确定是不是好主意,"达拉斯说,"可能也不算太坏。"

"我认为我们应该停下来,"佛罗里达说,"说不定我

们在绕圈子,我们说不定绕到了最容易迷路的地方,说不定……"

"好,停下来,我们就睡在这里好了。反正有睡袋嘛,对吧?只要睡两个小时就好。"达拉斯说。

"等天变亮——只要一丁点儿亮光就行——我们就会知道在哪里了。"佛罗里达说。

他们把睡袋铺在地上,赶紧爬了进去。

"达拉斯?我们也许赶不上那班火车了,对不对?"

"你睡袋下有石子吗?我睡袋下有。"达拉斯说。他直盯着头顶上的黑夜,"我想我们是赶不上今晚那班夜车了,但是没关系,明天还有一班。"

"真希望拉链可以更紧一点儿,"佛罗里达说,"真希望头顶这里不要有洞,随便一只老鼠都爬得进来。"

一小时后,达拉斯说:"讨厌的石子,害得我睡不着,你睡着了吗?佛罗里达?"

"没有,有东西在我脑袋旁边爬来爬去。"

"我们来说说话好了,"达拉斯说,"免得一直想石子跟乱爬的东西。跟我讲你们的泛舟之行好了,你跟谛乐是怎么计划的?"

佛罗里达坐起来,把睡袋紧紧地拉着。"嗯,"她说,"我们要把船拖到小溪入河的地方……"

"怎么拖?"达拉斯问。

"谛乐认识一个有拖车的人。"

"然后呢?把船推到河里,出发——用短桨还是长桨?"

"短桨。"

"什么?用短桨吗,白天黑夜地划?"

"不是,"佛罗里达说,"水流会使我们顺流而下,而且我们的船上还有个小马达,万一太累了,或是碰上麻烦,就可以派上用场了。"

"怎样的麻烦?"达拉斯问。

"不知道,这是谛乐说的。也许像风太小啦,或是我们两个都断了手臂之类的。"

达拉斯爬出睡袋,从沙地上挑拣出石子,丢入灌木丛里。"你们就这样顺水漂流下去,然后呢?你们怎么知道要上哪儿去?"

"这是河流,反正顺着河走就是了。这条河又会流入另一条河:先流到古洿河,然后是马卡拉河,一直下去一直下去,汇集几亿条小河和小溪。我们有地图,可以知道我们到了哪个小城,知道哪里可以停船什么的。最后我们就会到达壮阔的如塔琶果河。"

"我打赌那里的风景一定很美。"达拉斯说。

"一定是,"佛罗里达说,"否则谛乐不会这么想离开呐喊去找这个地方。"佛罗里达也钻出了睡袋,开始帮达拉斯清理石子。现在她不去了还这样谈论这趟行程有点儿怪异,她不想再继续下去了。

"康葛墩之行如何?"她说,"跟我说详细一点儿。"

"首先,我们需要搭车到机场,"达拉斯说,"搭上飞

机——真的飞机哟,知道吗?是那种喷气机,然后就飞啊飞的……"

"什么?飞过海洋?"

"就那样飞过海洋,"达拉斯说,"然后在一个很小的岛上降落,砰!就是康葛墩!接下来就是走走走,然后找找找,去找红尾巴摇滚鸟。嘿,我有一张那种鸟的照片,要看吗?"

"什么?现在?"

达拉斯翻来翻去地找背包里的东西。"就在这里……"他拿出一个手电筒、一本册子,然后指着后面的一张照片。

"长得好奇怪,"佛罗里达说,"小鸡般的身体,歪向一边的长尾巴,还有那么多不同颜色的羽毛。看起来好像掉到过一亿桶各种颜色的油漆罐里。"

达拉斯盯着照片。"你有没有想过为什么赛蕊要这样千里迢迢地跑到康葛墩去找这样一只好笑的鸟,明明在呐喊就有很多好玩儿的鸟嘛?"

"可能他们两个都不太正常。"佛罗里达说。

达拉斯抢过册子塞回背包底部。"别再谈这个了,睡觉吧。"他嘟囔道。

"你干吗这么凶啊?"佛罗里达说。

"我没有凶,只是累了。睡觉吧。"

"是,先生,老板先生,但你最好记住一件事,我可不喜欢被管来管去的。"她溜回睡袋里,把身子缩到最里

面。"要是有老鼠来咬我,希望你把它打死。"她说。

"没听到。"

佛罗里达试着数羊,四百零三、四百零四,讨厌的数字,讨厌的夜晚,她转身趴着,刚翻过身来,就想起了白格腾一家来。

她和达拉斯八岁时被送去跟白格腾一家住。"一定要趴着睡,躺着睡不健康。"

达拉斯跟佛罗里达都觉得很奇怪,可是为了不惹麻烦,他们还是乖乖地趴着睡,至少当时趴着睡,但夜里睡一半时自动翻身就不是他们能控制的了。可是白太太会在他们睡着后进房间来帮他们翻身。"你们就不能记住这点儿小事吗?"她会这样说。

除此之外,白太太还坚持要佛罗里达跟达拉斯穿一样的衣服"这样才像双胞胎嘛",白先生白太太好像比先前的人都好,也比较有耐性。

"也许他们会留我们。"达拉斯这样告诉佛罗里达。

但是等白家的三个孩子从夏令营回来——三个男孩都又高又瘦又苍白——看到双胞胎住在他们的家都不太高兴。

白家的孩子会从车库窗户扔石头进去,然后跟他们的爸妈告状说是达拉斯干的。他们把邻居的娃娃屋放火烧了,也赖佛罗里达。三个男孩威胁达拉斯跟佛罗里达,说要是他们敢泄露秘密,舌头就会被剁成肉酱。

Ruby Holler

  一天下午,达拉斯跟佛罗里达抓了几十只蚂蚁、七只蜘蛛、两条束带蛇,外加一只青蛙。那天晚上,他们把这些宝贝统统丢到白家三个男孩子的床上。

  "反正什么都赖到我们头上,"佛罗里达对达拉斯说,"干脆真的做,免得白白挨骂。"

  白家把达拉斯跟佛罗里达送回柏斯屯小溪孤儿院时,他们两个都松了口气。

  "活着出来算我们走运。"达拉斯对佛罗里达说。

  "我也是这么想的。"佛罗里达说。

国际大奖小说

第二十六章

棚里的谈话

柏斯屯的深夜,崔先生在巷子内一个隐秘的棚子里,跟他一起的是一个叫阿雷的男人。崔先生觉得阿雷是个一事无成的人,整天像只黄鼠狼一样在城里晃来晃去。

崔先生不喜欢这个男人的味道,也不喜欢他的样子:头发太多,油涂得快滴下来;皱巴巴的破衣服上有一层污垢;半闭的眼皮下那双眼睛无精打采。但他喜欢阿雷的随叫随到、百依百顺,只要给他钱,要他做什么他就做什么。

崔先生不知道阿雷住在哪里,也不想知道。他觉得对这样的人知道得越少越好。在这个凉爽的夏夜,他只想知道阿雷可否提供他一些关于呐喊的信息,并且帮他到那里办点儿事。

"看情况,"阿雷说,"看你要我做什么,还有需要花多少工夫。"他的手指在纠结的头发里打了一个结。"还要看嗯……嗯……"

"我明白,我明白,"崔先生说,"工钱。"他从口袋里

掏出一沓钞票,"这是第一阶段的工钱——只需要知道他们何时离开,这够简单了吧。"崔先生把钞票塞给阿雷。

阿雷看着钱。"我不知道这事是简单还是困难。"

崔先生拿了更多钱给阿雷。"这样,我确定这够支付你的工钱了。"

阿雷笑了,崔先生把脸转开了。

"第二阶段是什么?"阿雷问,"查访?我需要去查什么?"

"你给我第一阶段的信息后,我们再来讨论第二阶段的细节。"崔先生开了门,让阿雷知道该离开了。

"你说了算,老板。"阿雷说完就溜出门,走出巷子,横过铁轨,消失在远方的树林里。

崔先生确定阿雷走了后,关上棚子的门,在他的小领地里来回踱步。他把指头压在嘴唇上,他要开始一场探险,一场他对自己及呐喊红宝石的探险。

第二十七章

试　演

佛罗里达藏在睡袋里，她不知道早晨到底来了没有。她的胃像个可怜的空袋子，昨晚在森林跋涉时她就饿了，停下来休息时还是饿，可是她不敢提，因为她根本忘了要带食物。万一这事该她来做，怎么办？

达拉斯整个人蜷在睡袋里。晚上他爬出来，头先钻进去，再用脚把开口卷起来。他想，要是真有老鼠之类的东西来骚扰他，就会先碰到他的脚，那他就会醒过来把它踢走。他不要老鼠碰他的脸。

天啊，他好饿，好饿好饿。习惯每天吃赛蕊跟谛乐给他们准备的食物，实在不是一件好事。现在他满脑子都是食物。在到赛蕊跟谛乐家之前，他可以两天不吃东西，反正把胃关起来，脑子也关起来，行动缓慢一点儿就行了。但现在他好饿，好饿好饿，他气自己怎么会忘了要带吃的东西，他在想佛罗里达不知何时会提出这个问题。

佛罗里达听到达拉斯有动静，也拉开睡袋的开口，眨眨眼看着从头上叶缝中射下来的淡灰色晨光。她喜欢

这外面的味道,有泥香、树香、松香,还有……还有……那是什么味道?那好闻的味道是什么东西发出的?

达拉斯脚先钻出来时,她人也跳了起来。

"达拉斯!"

他早已有心理准备。"我知道,我知道,别骂了。"他说,"我没带吃的是因为……"

"达拉斯,闻一下——你闻一下!"

他闻了闻。"树,我闻到树和——嘿!那是什么味道?"

佛罗里达用力吸了一下。"如果我的脑袋没坏,我相信闻到的是熏肉味,达拉斯,是熏肉!"

"不可能是熏肉。"达拉斯说,"一定有什么东西闻起来像熏肉,希望不是真的,因为这害得我的胃醒来了,我的胃在说它现在就需要食物——此时此刻。"他又闻了闻空气中的味道。"可是它实在太像熏肉了,有可能是哪个住在林中的怪老头儿正在煮早餐。"

"也有可能是……"佛罗里达说,"也许有个罪犯要先把我们喂饱了,再把我们杀了。"

"你为什么要这么说?"

"因为有可能就是这样,我们还是安静点儿好。"

他们轻轻地、慢慢地穿过林子,熏肉的香味引他们继续向前走,越来越近,越来越近。

忽然从灌木丛中传来很大的一个声音:"嘿,早啊!"

达拉斯跟佛罗里达吓得跳了起来。

"谛乐?"达拉斯说,"是你吗?谛乐,还是我在做梦?"

"早啊,孩子。我不是故意要吓你们的,我只是来找点儿东西生火,跟我来。"

谛乐带他们穿过小树丛,在另一边,赛蕊坐在一块平平的灰色石头上,手中拿着一只大大的黑色平底锅,上面摆满了熏肉。

"你们来了,"她说,"早安。"

佛罗里达倚着达拉斯。"我们一定是在做梦,对吧?我们已经死了,这个死脑袋在做梦,是吗?"

赛蕊把夹子交给谛乐,让他继续煎肉。"你们两个真是我见过的最聪明的孩子,"她说,"居然想得出这样的主意,要在我们出发前先试试这些工具。我自己怎么没想到呢。你想过吗?谛乐。"

"嗯……"

"可是你们怎么知道我们跑了,又怎么知道我们人在哪里?"达拉斯说,"你们怎么找到我们的?"

"我昨晚睡不着,"赛蕊说,"所以就爬上去看看你们,我每天都会这样……"

"你每晚都去看我们?"佛罗里达问。

赛蕊一脸无辜。"这就是妈妈嘛,"她说,"家里有孩子,我就会去看他们。我看到你们不见了,便猜到你们一定是想试试看这些睡袋实不实用。我觉得这真是最聪明的主意,所以我和谛乐决定加入。"

"但你们怎么找到我们的?"佛罗里达问,"我是说,

我们不是故意要躲起来,只是……"

"赛蕊的鼻子可以闻出孩子在哪里。"谛乐说。

"然后,"赛蕊说,"等我们找到你们睡在哪里后,就回家去把食物跟锅拿来,因为知道你们早上一定会肚子饿。准备吃了吗?"

谛乐把锡盘子传过来,赛蕊在上面堆了蛋、熏肉和热面饼。"有谁要加蜂蜜吗?"赛蕊问。

接了赛蕊送来的满满一勺蜂蜜后,达拉斯说:"我觉得应该跟你们说,我们是要到……"

"到林子里来。"佛罗里达说,"就像你们说的,来试用工具,我们实在应该先告诉你们。"

"没有必要,"赛蕊说,"我了解你们在想什么,你们在想,别打扰谛乐跟赛蕊,我们自己来试就够了。孩子也该有点儿自主权,我是这样认为的。他们要能够自己做点事,不要时时刻刻有人在他们背后看着。"

佛罗里达舔舔指头上的蜂蜜。"嗯,这真是很有意思的想法。"

"那么,"赛蕊说,"结论呢?觉得那两个睡袋还好用吗?"

"嗯,"佛罗里达说,"我们认为睡袋前头最好有什么东西可以盖住开口。"

"为什么?"谛乐问。

"好挡住蚊虫之类的东西。"

"啊,"赛蕊说,"这真是仔细的观察。我们家有细网子，我可以缝上去，然后看用什么把它固定住，就可以开或关了。"

谛乐摇摇手说："你不会弄得太美观漂亮吧？我可不要头部旁边有蕾丝的装饰品。"

"说不定你的头部旁边什么也没有，"赛蕊说，"就让小虫子去咬你好了。"她转向达拉斯跟佛罗里达。"其他还有什么需要改进的吗？"

"有，"达拉斯说，"我们还要确定带了足够的食物，万一陷在哪里不能动了，或是迷路了，或是……"

"没错，"谛乐也同意，"我无法想象胃里没食物有多难过。我们还没计划好要带些什么食物。"

"真高兴你们提出这个好主意。"赛蕊加以补充。

"哦，"佛罗里达说，"小意思啦。"

达拉斯跟佛罗里达回头去拿睡袋时，谛乐和赛蕊也在收拾早餐餐具。

"怎么样，"谛乐问，"我的表现如何？"

"不错。"赛蕊说。

"我只是嘴巴闭紧了一点儿而已。"

"闭嘴就不会惹麻烦。"赛蕊说。

"我想你讲得没错，"他说，"他们不像我猜的，是出来偷钱的。"

"当然不是。"

"你说他们想离家出走，这点是对的。"

赛蕊双手叉腰站着。"不知道他们怎么想的,真不明白。你确定没讲什么话吓到他们?"

"我最近都很乖,没骗你。"谛乐说。

"反正很高兴找回他们,要是没找着我还真不知道该怎么办。"赛蕊用一只手捶着背。"睡地上真不像从前那么轻松了,是不是?"

"是啊。"

赛蕊收拾好锅。"好了,谛乐,一定要对这两个孩子分外好,听到没有?"

谛乐点点头。"是的,夫人,你说什么我都听。"

"我是说真的。"

"我知道你说真的,"他回答,"我会尽量做个模范先生。"

第二十八章

崔太太

崔太太站在房间窗口,望着路旁两个空罐子在滚来滚去,哐啷,哐啷。真希望有人过来把那两个罐子捡起来,不要让那恼人的声音在那里哐啷、哐啷、哐啷响。

一个年轻女子走过来,对哐啷声充耳不闻。崔太太觉得她好像对世事一点儿也不在乎,她真想举东西过去打她,把她从梦幻世界中打醒。

崔太太的眼光移到下面的阳台。双胞胎第一次出现就是在这个阳台里,用纸箱子装着。就在她现在站的这个窗口,她甚至看到了那个留下双胞胎的女人。崔太太看见那个女人穿着一件过紧的、褪了色的绿色破洋装,弯着腰看着箱子。那个女人的身体几乎贴到箱子上,然后很快走掉,双手掩着脸。

后来,茉耕就在楼下喊起来,说箱子里装的是婴儿,两个婴儿,是双胞胎!

崔太太说服了先生,把他们应该报告官方有弃婴的资料单撕掉,"别说,先别说,"她说,"说不定他们可以变成我们自己的小孩子。"她想得越多,就越怕那个穿破洋

装的女人会回来要这两个孩子。每次用娃娃车推这两个孩子出去时,她都会不断地张望,害怕那个女人突然出现。

每当有人来孤儿院认养孩子时,崔太太就会把双胞胎藏起来。有一次,一对夫妻看到了,很是喜欢,崔太太告诉他们:"这对双胞胎已经被领养了。"

从婴儿时期开始,佛罗里达就比较躁动不安,达拉斯则比较安静、爱发呆。崔太太觉得他们彼此抱在一起,一个笑了时另一个也有的反应,还有把他们分开时他们伸手想要对方的种种举动都很有趣。看着这两个同一时间来到世上的娃娃,崔太太有时还会吃味。他们会一辈子爱着对方,他们永远都有一个完全了解他们的人。

一开始崔太太不要茉耕或崔先生帮忙照顾这对双胞胎,她要全部自己来,可她是个没耐心的人,不是这个就是那个需要特别注意,她最气他们叫啊扭啊的,每天都好麻烦。

于是她开始希望那个穿着破洋装的女人回来把双胞胎带走。在一个特别累人的早上,崔太太对她先生吼道:"填表报上去吧!跟官方说刚送来了对双胞胎,随时可以让人领养!"

但是出乎她意料,一次领养两个,让大家有点儿裹足不前。"双胞胎?"他们说,"要一次带两个孩子?想象中有双胞胎是很好,可还是不必了,谢谢。"

等双胞胎开始摇摇晃晃走路了,崔太太更无法忍受他们跌啊、倒啊、叫啊、敲啊、打啊、流口水什么的。他们两个的每件事都比别的孩子麻烦,至少崔太太这么觉得。

现在,站在这个窗口往下看着街上,崔太太想着过去这么多年,她怎么能够在越来越多孩子的跑闹、口水、敲打中活下来呢。

哐啷、哐啷、哐啷,那罐子依旧撞击着路面。

崔太太倚身探向窗外。"谁把罐子捡起来吧!"她在哀求,"我听得都快发疯了。"

第二十九章

决　定

达拉斯、佛罗里达、谛乐跟赛蕊收拾好早餐、睡袋,回到了木屋。但这时达拉斯跟佛罗里达又想在山上跑了。

"去啊,"赛蕊催他们,"你们两个休息一天不要工作,去外面跑跑。"

"跑的时候顺便叫一叫。"谛乐也说,"我喜欢听到呐喊不时有点儿叫喊声。"

"大部分人都讨厌叫喊声,"佛罗里达说,"有人就因为我们又叫又喊的,把我们锁在布满蜘蛛网的地下室。"

"我跟你们讲,"谛乐说,"万一什么时候我脑子不正常,把你们锁在那里,你们就大叫,然后过来咬我、踢我,把我绑起来丢到山里头去,听到了没有?"

"好,"达拉斯说,"要是你们把我们锁起来,我们就这样做。"

于是达拉斯跟佛罗里达就跑下山丘,趟过小溪,跑到另一座山头,在那里大吼大叫。叫累了,就在地上打滚儿。

"你觉得怎样,达拉斯? 现在我们的计划是什么?"

达拉斯拿起树枝在地上乱画。"你认为我们该有怎样的计划?"

"嗯,我一直在想这两个老人——谛乐跟赛蕊——他们下定决心要划过如塔琶果河,还要去康葛墩找出那只会摇来摇去的鸟。我想,也许——嘿,我只是说也许哟——也没说一定要——也许跟他们两个去这一趟对我们也没什么坏处,况且……"

"等我们回来了,我们还是可以去搭那班夜车啊。"达拉斯说。

"没错,"佛罗里达说,"我就是这样想的,你也这样想吗?"

"差不多。"达拉斯说。

"即使我们曾说过永不,永不,永不分开。"

"就这次例外。"

"这是唯一一次例外。"佛罗里达说。

"对,"达拉斯也同意,"等我们回来,什么事还跟从前一样,我们会一直在一起,没有人可以把我们分开。"他心中想着自己在海边盖了间小茅屋,正在吃椰子。

"我想我们又该把钱埋起来了。"佛罗里达说。

谛乐跟赛蕊坐在阳台的秋千上。

"你会想我吗?"赛蕊问。

"当然。"谛乐说,"我怎么可能不想你?这一辈子你几乎都陪在我身边。"

"听起来我真像只破袜子。"

谛乐转过去看着自己的太太,他熟悉她脸上的每条皱纹,每个表情,有时候他觉得自己熟悉她的每件事,也许比对自己还熟悉。忽然他觉得头重脚轻、心神不宁,需要用手去压住胸口突如其来的心颤。"你会想念我吗?"他问。

她转过去看他。"你还好吗?"

"好,"他答,"没事。"

赛蕊钩着他的手臂。她在想,面对一个完全陌生的人不知道是什么滋味,那些人对她一无所知,也不会期待她会做出什么样的反应。"我当然会想你,"她说,"你就像我最舒服的旧鞋子。"

"旧、舒服、帅气的鞋子。"谛乐说。他闭上眼睛在想那条蜿蜒的河。"你会想念呐喊吗?"

赛蕊眺望着这片山,眺望着远处的小溪。"要是你上个月问我这问题,我会说不想。最近呐喊好像又像从前那样有魔力了。奇怪吧?"

谛乐自己也有同样的感觉,不过听赛蕊讲出来还是吓了一跳。"你会回来吧?你不会跟那只什么鸟就在海岛上住下来吧?"

"你是旧鞋子,"她说,"我当然会回来。你也会回来吧?"

国际大奖小说

"可能,"他说,"但我也可能太喜欢河流了,就决定一直划……"

"少乱说。"

"我们可以都不去的,你知道吗?"谛乐说。

"不行,孩子们想去,不可以让他们失望。"

第三十章

梦 魇

那个晚上，狂风一阵阵地拍打着呐喊，呼啸着穿过树林，摇着窗户。雷声轰隆，闪电霹雳，突如其来的电光把天空映得一片晶亮。

"达拉斯？"佛罗里达小声说，"真的好大声啊。"

"就是打雷嘛。"他回应。

"达拉斯？我做了一个好恐怖的梦，梦见我整个人在一艘船上倒栽葱，泡在水里爬不出来。"

"赶快睡，"他说，"不要再想了。"他自己很快地翻了个身又回到梦里，回到佛罗里达摇醒他时正在梦中的清澈小溪。

可是现在暴风雨拍打着小溪，溪水一波波地扬起来、扬起来，最后有个巨浪把他推到河岸，扫过山丘，扫进丛林。巨浪一直推着他，把他越推越远，推进了一片藤蔓丛生的树林里。

在楼下，谛乐也在睡梦中辗转。他一个人在河中央，船却不断地沉下去、沉下去、沉下去……

赛蕊吃惊地坐了起来。她听到外头狂风呼啸、雷电交加。她松了口气,还好只是个梦。她又躺在了枕头上,想要忘掉刚才那个梦。在那个梦里,一只红尾巴的鸟变成了大恐龙,朝着她冲了过来。

第三十一章

解　药

早餐时赛蕊说:"今天早上大家怎么这么安静?"

"没事。"谛乐说。

佛罗里达咽了口松饼。"昨晚那场破雨,"她说,"害得我做了个恐怖的大噩梦。"

"真的啊,我也是。"赛蕊说,"我被一只红尾巴恐龙攻击。"

"真的?"佛罗里达说,"我卡在一艘船里,头朝下。"

"我的船沉了,"谛乐说,"人困在里面。"

"我被一个大浪冲到丛林里,那里有食人鼠。"达拉斯说。

"哼,"赛蕊说,"看来我们都需要吃一点儿解噩梦药。"

"药?"佛罗里达说,"我才不要吃什么臭药。"

"这种你可能会喜欢,"赛蕊说完就从桶里拿出了刚做好的桃子口味冰淇淋。"配松饼最好。"她说。

"冰淇淋?"达拉斯说,"当早餐?"

"驱除噩梦的,"谛乐解释,"每次都有效。"

早餐后清理阳台的树枝时,谛乐说:"我刚刚想到一个有点儿神经的主意。"

"不是每次都这样吗?"赛蕊回答。

"哈哈,很好笑。"谛乐说,"你到底听不听?"

"我敢打赌,迟早你一定会说出来。"赛蕊说。

"你今天早上超级爱斗嘴。"谛乐说。

"讲啊,"赛蕊催他,"讲你的神经主意吧。"

"不说了,有点儿笨。"

"跟我们讲吧,"佛罗里达说,"就算很笨也讲嘛。"

"好吧,"谛乐说,"我的笨主意就是,也许我们该来次演习。"

"什么样的演习?"达拉斯问,"像演戏那样?我们不会演戏。"

"不是,不是演戏。你知道,你们两个不是带了这些设备出去练习吗?对,就是像那样,我和佛罗里达去试船,就是牛刀小试一下,两三天就好。达拉斯和赛蕊可以试着去远行,因为你们到了康葛墩后得走很多路。你们可以走出呐喊,找个地方露营,再走,就是去试试鞋子、帐篷、指南针那些东西。主意有点儿神经吧?"

每个人都静了下来。达拉斯在想着巨浪跟到处是老鼠的丛林,佛罗里达想着被卡在船下,赛蕊又想起红尾巴恐龙。

"好像也没那么神经,"佛罗里达说,"不能全称之为神经。"

"其实一点儿也不神经。"达拉斯说。

赛蕊对谛乐说:"这想法可以说有点儿天才呢。"

"天才?"谛乐说,"我?"

"别得意忘形了,"赛蕊说,"我只是说这想法也许还可以说有点儿天才呢。我只是说说而已。"

第三十二章

划呀划,走啊走

空气很重很热,清澈的躲避河水平静无波。

"我们在这水里划多久了?"佛罗里达问,"八十万小时了吧?"

"四小时,"谛乐说,"累了吗?要是累了就别划了,让我来。"

"我以前从没划过船。"佛罗里达说。

"是吗?"谛乐说,"真看不出来。"

佛罗里达转过去看着谛乐,他的草帽挡住了眼睛上方的阳光,在他上半个脸上映出了小格子。"我知道你不是说真的,"佛罗里达说,"我知道刚开始划时有点儿麻烦,我抓不住这桨,好多次都害得我们差点儿翻船。"

"得花点儿时间适应它嘛,"谛乐说,"刚开始划时我也划得不太好。"他看着河水和上面的天空,有好多次他特别想回头。我在这里干吗?他一直这样问自己。

"为什么这条河叫躲避河?"佛罗里达问。

"因为地图上没有这条河,至少我看过的任何一张地图上都没有。"谛乐说。

"那你是怎么知道这条河的存在的？"

"我父亲和我找到的。我曾来过这里好多次，也知道这河流到哪里去。"谛乐说。

"为什么地图上没有这条河？"

谛乐耸耸肩膀。"并不是所有的东西地图上都有。"

"要是这里的这条河地图上没有，你怎么知道地图上的其他河就真的存在？"

"不知道，不是百分之百知道。只能等我们自己去发现。"谛乐说。

"你是说我们可能划到某条干涸的臭水沟里，迷路或是饿死在不知名的地方，没有人知道，还有……"

"我想我们会没事的。"他觉得她的问题实在太多，早知如此就自己来了。"你不得不承认，这里实在非常平静。"他说。

佛罗里达望着前头的河水，一条亮晶晶的绿光消失在不远处河流转弯的地方。"是很平静，"佛罗里达说，"除了这些苍蝇蚊子。"她拍拍自己的手臂，"为什么这里有这么多虫子？"

"也许是因为这附近没有蝙蝠的缘故。"谛乐回答。

"蝙蝠？"

"你发现呐喊有很多蝙蝠了吗？就是夜里才会出来的那种？"

"那些会飞、长得像老鼠的东西？"佛罗里达问。

"那就是蝙蝠。"谛乐说，"你有没有发觉呐喊红宝石没有什么蚊子？"

"你提醒了我,我是这样想过。"佛罗里达说,"为什么呐喊红宝石没有蚊子？"

"因为有蝙蝠啊！"谛乐说,"蝙蝠吃蚊子,蝙蝠是好东西。"

"啊？！我从没想到那种会飞的老鼠会是好东西。"佛罗里达说,"不过我相信,也许你可以吹口哨儿叫些蝙蝠来跟着我们走。你觉得赛蕊和达拉斯走的路上有没有蝙蝠呢？"

这样讨论着赛蕊跟达拉斯让佛罗里达感觉到一阵颤抖。那天早上道别时好难过。谛乐的朋友载他们到下面河边,让他们卸了船并推向河中间。然后谛乐的朋友就载着赛蕊和达拉斯回到木屋,让他们准备出发去远行。佛罗里达看到谛乐的朋友时,有种怪异的感觉,好像在哪里见过他,可是又想不出来到底在哪里见过。

他们站在那里看着船在水中浮浮沉沉,终于赛蕊开口了:"不能再这样站下去,我会哭出来的。"一阵混乱中,大家互相拥抱,谛乐跟佛罗里达便站在岸边挥手跟他们道别了。

佛罗里达唯一能做的,就是忍住不在达拉斯后头跟着跑。她头脑中只有一个想法,除了达拉斯,不能相信任何人。她突然很怕这一切是骗局,是蓄意迫使她跟达拉斯分开的。她恨自己竟然会被谛乐跟赛蕊的美食与善意

给收买了。

不过，还是有股力量让她跨到了船上，让她把桨插好，让她外表看起来很冷静，可是内心实在是颤抖得像只被困在笼子里的老鼠。

达拉斯跟赛蕊花了两个小时才走出呐喊，现在他们站在山腰上，看着走过的路。

"那里有条河，"达拉斯说，"看到了吗？像一条土色的鳗鱼。那是躲避河吗？你认为我们看得到他们吗？看，那些房子和车子都好小，还有皮带一样的河，像娃娃屋里的景色，就好像是你们雕刻出来的。"

赛蕊放眼望着对面山丘。"达拉斯，你有没有想过倘若没有佛罗里达，你会是怎样的一个人？"

"你指的是什么？"

赛蕊摘下帽子，把头发散开来。"我是说，你们两个打从出生后一直在一起，你有没有想过如果没跟她在一起，你会不会有所不同，如果光你自己一个的话？"

达拉斯用鞋子踢着脚下的土，感觉快吐了。他不喜欢没有佛罗里达，也不喜欢赛蕊这个问题。"我还是我，不是吗？我现在不就没有她了吗？不是吗？我变了吗？"

赛蕊看看他。"还看不出来，我想。"

"你跟谛乐不也几乎一辈子都在一起吗？没了他你变了吗？"

国际大奖小说

"我不知道。"赛蕊说,"我变了吗?"

"我也看不出来。"达拉斯说。

"我想我们该上路了。你带了指南针吧?现在我们该往哪里走?"

"指南针?"达拉斯说。

第三十三章

阿雷的差事

在后巷的棚子里,阿雷倚在门边对崔先生说:"正如我所说,他们已经走了,不在呐喊了。"

崔先生上上下下地搓着手,好像在取暖。"已经走了?你百分之百确定?他们都走掉了?"

"走掉了,拜拜了。"阿雷倚着木头门框,扯掉了一根小木刺。

崔先生在屋里踱步,边走边说:"很好,现在我们可以动手做我的事了。你准备好接受这个绝不能外泄的机密了吗?"

阿雷在地上吐了口水,盯着崔先生:"听好,要是你不信任我的话……"

"噢,不是不是不是,别误会,我当然知道你会保守秘密。只是这是一件很敏感……"

"我懂,你只需要交代要我去做的部分,还有会付我多少钱就行。"

"你画地图的能力如何?"崔先生问。

"画地图?"阿雷问,"这工作听起来不太有趣。"

"首先,你去搜寻一个区域,我会告诉你要找的是什么,然后你把那地方画下来——"

"找什么?上哪儿找?"阿雷拿刚刚弄下来的木刺当牙签在剔牙。

"在呐喊红宝石,先找到他们的木屋,然后就,嗯,以木屋为圆心,先从方圆三十米的地方找起。找一块石头,若没找到,就扩大到五十米,再找,再扩大,直到找到为止。"崔先生解释。他也曾想过自己找,可是又不想这样一寸一寸地翻遍森林,那太花时间。

"一块石头?"阿雷问,"你脑袋坏啦?你知道呐喊有多少石头吗?至少一千万颗。除非你有特定目标,譬如绿石头、红石头,要不然……"

"我也不知道那石头是什么样子,但我猜一定不是普通石头。可能很大一颗,或者一大堆石头。"

阿雷用手指搓搓蓬松的头发。"这块石头或这堆石头有什么特别?"

崔先生早就料到对方会这么问,所以早已准备好了答案。"这石头是个宝矿所在——油矿。"他说谎,"是这样的,他们要在这里凿口油井,我有点儿好奇那些油埋在哪里。"

"要是我的话,"阿雷说,"就直接问,他们应该会告诉你。反正是在他们的私人土地上,让你知道地点又有什么关系?"

"我并不十分确定是不是位于他们的私人土地上。"崔先生说。

"那我的工钱呢?"阿雷说,"我可没时间一直站在这里。"

崔先生交给他一沓钞票。"这只是订金,你给我画张地图来,上面标好有特别石头的位置,我再把剩下的钱给你。别担心,只要你标对了地方,报酬会很高的。"

"好的,老板。不过我可不会花一年时间来找。我会去看看能找到什么,如果看起来没什么希望的话,我可不想趴在地上找。"

崔先生回到柏斯屯小溪孤儿院时,看到他太太躺在床上,额头上盖着一块湿布。他知道不用问,她会主动跟他提的。她会告诉他哪个孩子又打破了窗户,哪个孩子跌断了手,哪个孩子烦了她,她可以这样一直讲好几个小时。所以他没问她怎么了,反而先说:"我有好消息。"

"我需要听些好消息,那个新来的女孩打破了……"

"是特大好消息。你想不想离开这个地方,搬到小岛去?"

崔太太把额头上的布拿下来,人也坐了起来。"你这个笑话一点儿也不好笑。"她说。

"我不是在讲笑话,过不了多久,说不定很快,我们就会有一笔钱。"

"哪来的钱?从天上掉下来的吗?"

"这样说好了,我有一点儿……投资,最近几天应该会拿到报酬。"

话音刚落就响起了敲门声,茉耕从外头喊:"太太,该准备晚餐了。"

崔太太把脚移到床边站了起来。"主啊,饶恕我吧。"她自言自语道。

第三十四章

方 位

"只要太阳还没下山,我们就可以知道方向。"赛蕊说,"树会帮忙——青苔通常长在北面,还有……"

"我竟然忘了带指南针,真是笨。"

"你才不笨,而且我们不会有事的,"赛蕊说,"一定不会有事的。"可是他们正在树丛中穿梭,她的口气听起来一点儿也没有说服力。"我们来讲些别的吧,达拉斯,这样时间会过得快一点儿。"

"比如?"

"跟我说说那个你跟佛罗里达常提起的恐怖的、缺牙的神经病。他真的缺牙吗?真的发神经吗?"

"当然是真的。"

"那就说说他吧。"

"我不想说。"他说。

"有时候说出来是好事,"赛蕊说,"假装你是在跟佛罗里达说吧。"

"我不会说的。"达拉斯说。

"他叫什么名字?缺牙的嘴巴看起来像什么样子?"

赛蕊引导他。

"好吧,也许我可以说一点儿。"他说。

于是达拉斯就跟赛蕊说那个缺牙的朱立普先生和他那神经兮兮、老是咬指头的太太,还有朱先生怎样把他们锁在地窖里,逼他们整晚待在那个又臭又湿,像是老鼠住的地方。

"这犯法啊!"赛蕊说,"这对谁……都是恐怖的虐待。"

"是这样的,他说我顶嘴。他叫我们帮他挖口井,我说不可能。所以他把我们关进地窖作为顶嘴的处罚。"

"挖井?这也是违法的啊!我实在无法接受这种事。达拉斯,就算你顶嘴吧,但不能因为顶嘴就把人关在地窖里。"

"我们也是这样想的,"达拉斯说,"但也不是十分确定。"

"不确定?你的意思是说你们只觉得这样有点儿怪异?不觉得这样恐怖?"

达拉斯耸耸肩。"那又有什么用呢?"

"可是……"赛蕊看起来又难过又不知怎么说才好。"是不是因为待在那个地窖里,你跟佛罗里达才那么怕老鼠……"

达拉斯转身离开。他不喜欢在这些事上钻牛角尖,他的心中早已忘记了那个场景,而换了另一个场景。像现在他想象自己是一个拓荒者,是第一个到这山上旅行的人。也许他会在这里发现很不一样的东西,一件别人没看过的东西。

赛蕊打断他的冥想。"你们后来怎样离开那个缺牙的神经病的?"

"第二天早上,那个令人毛骨悚然的朱先生放我们出来,叫我们跟着他走。我们很高兴可以离开那个老鼠洞,出来呼吸点儿新鲜空气,所以就跟着他。然后他交给我们两把铲子,叫我们开始挖井。我们不肯,可是他说不挖就休想吃早餐,我们只好开始挖……"

"达拉斯!你们真的在挖井?"

"我假装是在挖金子——反正说不定会挖到,是不是?佛罗里达假装在挖臭朱先生的坟墓,所以挖起来也有点儿高兴。我们挖了三个小时,看到臭朱先生离开了房子,好像要到谷仓去。我们一直看着,等到他消失了踪影,就拼了老命一直跑,你这辈子一定没见过有人这样跑。我们跑啊跑啊一直跑,有时还躲在树林间,然后就听到他在喊我们,声音听起来好凶,所以我们动也不敢动……"

"达拉斯,我可不敢相信,"赛蕊说,"光听就觉得恶心。"

"没关系,"达拉斯说,"别恶心,我们不是逃走了吗。嘿,你看那个!"他们走到了山脊上,树林间有一片空地。"你看那些高高低低的土堆,看起来像特大号蚂蚁丘。但没呐喊漂亮,对不对?"

赛蕊拍拍额头。"好热。你渴不渴?水壶呢?"

"水壶?"达拉斯说。

第三十五章

紧　绷

在躲避河岸,谛乐和佛罗里达快吃完午餐了。

"手酸吗?"谛乐一边问,一边按着自己的背。

"有一点儿,"佛罗里达说,"而且我被那些蚊子叮得快肿死痒死了。"

谛乐伸伸腿。"我没想到手臂会这么麻。你的手麻吗?"

"比麻还惨,我觉得好像刚跟一百只山猪摔过跤。"佛罗里达说,"我们的手酸痛成这德性,怎么可能继续划下去呢?"

"下午不要这么累了,就让河水带我们走吧。偶尔划一两下就行了。"

佛罗里达站在河岸旁,脚踢着石头。"这里好臭,你不觉得吗?"她说,"又是烂泥巴,又是臭水草。"

谛乐四下闻闻。"嗯。"

"没有呐喊小溪旁那种香味,那种长在河岸旁的小蓝花的味道。"

谛乐闭上眼睛。"啊,我知道你说的是哪种花。"

"谛乐?你曾经希望达拉斯和赛蕊也在这里,跟我们

顺流而下吗?"

谛乐深深吸了口气,来回打量着河水,慢慢地让气均匀地呼出来。"每两分钟我都会这样想一次。"他说。

"你不像达拉斯。"佛罗里达说。

"这样是好还是不好?"

"都不是。"

"我怎么不一样?"谛乐问。

佛罗里达踢着土。"嗯,达拉斯每次都觉得事情会变好,你却一直抱怨……"

"我?抱怨?"

"对,就跟我一样。"

"哦。"他说。

"这是我们的天性,"佛罗里达蹲下来看着一只在岸边挣扎的金龟子,"我从来没想过要自己一个人,你呢?"

谛乐心中又有那种震颤的感觉了。他无法想象没有赛蕊的生活,连想一下都太痛苦。可是仅仅半小时之前,他还想着自己一个人在河上漂流的滋味。这不一样,他对自己说,这不是永远的孤单。他望着佛罗里达,又感到一阵颤抖。他希望佛罗里达也永不孤单。

"你听到我讲话了吗?"佛罗里达说,"你会想到要自己一个人生活吗?"

"不想,"谛乐说,"我需要有人听我抱怨。"

佛罗里达递了根树枝到水边给金龟子,让它可以爬到岸上。"我不是说爱抱怨的人不好,"她解释,"别自责。"

他们又开始顺流而下时,谛乐说:"佛罗里达,除了那个缺牙、神经、恐怖的地方,你和达拉斯还曾被送到其他地方吗?"

"当然。"佛罗里达把桨放进水里慢慢地划。"你想听那个说我们是小偷的哈培家,还是觉得我们是流氓的柯仁北家,还是那三个恶心的白格腾男孩?"

"你先从哈培家讲起好了。"他说。

第三十六章

长长的一串链子

赛蕊跟达拉斯走过茂密的草丛,空气又热又湿。藤蔓钩住他们的脚,石楠木戳着他们的手臂。

"这条路刚刚看起来好像是通往那座山丘的捷径,现在我不确定了。"赛蕊说,"我们停下来休息一下好吗?"她将手伸进背包里拿出一条黄围巾绑在脖子上。要是她在家这副打扮,谛乐会说,你脖子上是什么东西?没看过你戴围巾啊。可是在这里,达拉斯不知道——也不会在乎。想到这里,她觉得自己实在有点儿傻气。

"这里的苍蝇比呐喊多,你注意到没有?"达拉斯边说边拍苍蝇。

"也许我的幸运黄围巾可以驱赶蚊蝇。"赛蕊说。

"也许你的幸运黄围巾可以帮我们找到水。我打赌这下面一定有小溪,我打赌小溪一定很清澈,不是那种有淤泥的臭水沟。我们可以跳进去喝个够。"

赛蕊靠着树坐下来,闭上眼睛。她想象身后有一团隐形的线,一直连到呐喊红宝石山上。那团隐形的线就在她手里,必须紧紧抓住,万一松了,她跟达拉斯就真的迷路了。

"你想什么想得那么严肃？"达拉斯问她。

"没什么。"她说。

"在想家，对不对？"

"我？见鬼！才不是。我们是出来探险的，"赛蕊说，"我一点儿也不想家。"

"你知道你坐在这里看起来像什么吗？你记得厨房里有张小女孩跟一位女士坐在林子里的照片吗？你看起来就像那位女士。"

"真的？那是我妈妈，那个小女孩就是我。"赛蕊突然很想念她过世的妈妈，然后又想，是想念一个你爱的妈妈比较难，还是像达拉斯跟佛罗里达那样，想念一个从不认识的妈妈比较难呢？

"那张照片旁边的另一张，"达拉斯说，"里头那两个男人是谁？"

"是谛乐跟他爸爸。再旁边那张，在小溪旁的那一对夫妇，是我的奶奶和爷爷。再过去，是我和谛乐还有孩子们。"

"好像一条有关人的链子。"

"没错，"赛蕊说，"就是这样。"

"要我生个火吗？"达拉斯说，"我知道天气很热，但我们需要吃点儿豆子罐头，热的比冷的好吃。火柴呢？"

"火柴？"赛蕊说。

第三十七章

语言图画

佛罗里达和谛乐轻快地让水流带着船走。佛罗里达刚跟谛乐讲完哈培、柯仁北跟白格腾三家人的事。谛乐发出了奇怪的声音,好像很痛苦的样子。

"怎么了?"她说,"你不舒服吗?"她转身看到他的下巴紧贴着胸口。

"我真想掐死那些哈培、柯仁北还有白格腾家的孩子。"

"别难过,"佛罗里达说,"坏事情过一阵就忘了。有时候达拉斯跟我就假装那是发生在别人身上的事。你知道达拉斯怎么说吗?他说这些都不要紧,有一天我们会去住很漂亮的房子,我们两个都会跟很好的人结婚,我们都要生二十个小孩儿……"

"二十个?"

"说不定还要多,"佛罗里达说,"我们不会让任何人对孩子不好,永远不会。我们的孩子会好好儿长大、结婚,又生他们的孩子,他们会好好儿对待孩子,会这样一直下去。"

国际大奖小说

　　佛罗里达喜欢这个画面，她觉得达拉斯喜欢做白日梦是好的，每次只要她觉得难过、害怕、不舒服，达拉斯就会描绘一幅美丽远景让她的心飞入梦中，让她忘掉那些不舒服的东西。他们被锁在缺牙神经病的地窖时，达拉斯整晚一直讲着他们以后会去住在一个干净的地方，说不定就在森林里，旁边都是美丽的树和清澈的河流，在他们身旁的都是好人、很友善的人，没有坏人。他就那样讲了一个晚上，用语言描绘出美丽的图画安慰她。

第三十八章

访　查

阿雷走进呐喊红宝石,坐在谛乐和赛蕊的阳台上,他往后靠在有阴凉的墙上时,汗水不断从脸上滴下来。

那个姓崔的这回有点儿过分,阿雷一点儿也不相信姓崔的说的想知道谛乐和赛蕊的油矿在哪里的鬼话。他到底想干吗,阿雷大概也猜得出来。

阿雷当然可以当场拒绝姓崔的要求,不过他想这样一来,姓崔的还是会找别人来干这件不要脸的勾当,这样就更糟了,他不如接下来拖延一下姓崔的时间,再想想该如何做。

阿雷绕着木屋走了一圈,看了看窗子,然后又站在那里看了看院子。他看到靠近水井的地方有堆石头,阳台台阶旁边还有另一堆。谷仓走道附近也有石头,在靠近冷杉的地方有一块灰色的大石头。他从口袋里拿出了带来的笔和纸,画了个框框当作木屋,在旁边打了几个"×",标出这些石头的所在。他希望能找到很多石头,很多很多的石头。

第三十九章

杞人忧天

达拉斯和赛蕊那天在一处四周有灌木的小片空地安营休息。他们的周围是浓密的树林,地面又不平,可这已经是他们所能找到的最好的营地了。他们吃了冷豆子,尽量不去想口渴的事。

赛蕊选了块平坦的石头坐下来,拿出一段木头跟雕刻刀。达拉斯开口了:"赛蕊?我不懂,你为什么想到一个没有你习惯的床、没有好吃的食物的地方,到一个都是虫子和……"

赛蕊哼了哼说:"我想如果我们真的到了康葛墩,这一切都会是值得的。"

"如果我们真的到了康葛墩?"达拉斯说,"如果?"

"我是说等我们到了康葛墩,"赛蕊说,"不知道我怎么会说成了如果。"

达拉斯盯着赛蕊,她一副快哭出来的样子让他很害怕。他无法想象要哭的样子,可是光这个画面就让他记起有一次崔太太抓住佛罗里达猛摇。"你为什么不哭?"崔太太逼问。佛罗里达这样回答:"我就是不想哭。"

不过佛罗里达还是会哭,她在哈培家、柯仁北家、白格腾家跟恐怖的朱立普家都哭过。反而达拉斯在这些地方没哭,他也不知道自己怎么不哭,也许佛罗里达把他的那份也哭掉了,也许那时他的责任是逗她开心。

达拉斯在乔伊死后哭了,不过除了佛罗里达,没人看到。在孤儿院时夜里有时他也会哭,要是佛罗里达听到了,就会溜进衣柜掀开板子跟他说:"别想太多,达拉斯,很快就好了。"

现在跟赛蕊在这个林子里,达拉斯也拿出了自己的那块木头来看。木头一端已经被他挖掉一点儿了,但他还是不知道什么东西会藏在里面。"你在雕什么?"他问赛蕊。

"还不知道,"赛蕊说,"等东西自己跑出来吧。你的呢?"

"我也不清楚,也许又是另一只鸟儿。"

"你不一定要刻鸟儿,"赛蕊说,"说不定木头里藏的是别的东西。"

"比如说?"达拉斯问。

"我也不知道,什么都有可能。"

"说不定是鼻涕虫,"达拉斯说,"或是蠕动的虫,或是只臭老鼠。"学佛罗里达讲话,让他想笑出来。

"你知道我刚刚在想什么吗?"赛蕊说,"有一次,谛乐和我在呐喊散步——好久以前了,那时孩子都还没出生——就在眼前的小路上,有块完美的木头,我们俩人同时弯身去捡。"

"你们有没有打架?"达拉斯问,"抢来抢去的?"

"不算抢,我的意思是不像你想的那种抢法。我们停下来,两人都弯身去捡木头。我在想,他干吗不放手把木头让给我呢?要是他爱我,一定会让给我的。可是谛乐也许也正这样想呢:要是她爱我,就会让给我。"赛蕊的手指轻轻地敲着嘴唇,好像想从嘴里哄出更多的话来,"最后我说了,我说木头里有一只最美丽的鸟,我感受到了,有只小鸟藏在木头里,等着我去释放它。"

达拉斯看看手上的木头。不知道为什么他就是看不见里面的东西。

"结果,"赛蕊继续说,"谛乐也说他看见那块木头里有艘完美的船,一艘非常完美的船,等着要驶出来。"

"结果呢?是船还是鸟?谁赢了?"

赛蕊又敲敲嘴唇。"他先放弃。然后我就把木头抢过来,心里好高兴。我们继续走下去,一直走,可是我开始觉得不舒服。我想着自己要在那完美的木头上划下第一刀,万一我把木头毁了怎么办?万一里面躲着的不是美丽的鸟呢?于是我就跟谛乐说'拿去吧,给你'。"

"他拿了吗?"达拉斯问。

"我还来不及眨眼,他就把木头抢走了。"赛蕊说。

"他刻出了完美的船了吗?"

"没有,好多天好多天,我看他拿着那块木头,转过来又转过去。刀拿出来了,却无论如何也下不了第一刀。

Ruby Holler

你知道后来怎样吗?他把那块木头放在五斗柜上,说:'赛蕊,这块木头我放一阵子,谁先动手就是谁的。'"

"所以你就抢过来了,对吧?"

"我很想啊,"赛蕊说,"几乎克制不了自己。我常走进房里去摸那块木头,但就是下不了刀。可是不在房里时,我又担心他会先下刀。"

"你们两个真奇怪。"达拉斯说。

"每个人都有些奇怪,达拉斯。"

"后来谁先动手呢?"

赛蕊莞尔一笑。"那块木头还在那里,在五斗柜上,一块不知道里面究竟藏了什么的木头。"

达拉斯把木头放到耳边,好像在听到底里面藏了什么。"赛蕊,我们迷路了吗?"

"迷路?我们?不会的。我们就在这边山丘的树丛里,也许我们不是很熟悉这个山丘,不过我确信会没事。没事的。"她伸手摸摸黄围巾,好像这样好运就会来一样。

"赛蕊,你有没有想过谛乐会不会从此习惯自己一个人?"

赛蕊闪过了一抹担心的神色。"我刚刚也正在想这个问题,"赛蕊说,"你一定能看穿我的心思。我在想也许我们应该快点儿习惯这样的旅行,那样我就不会再想呐喊或谛乐了。不过我不喜欢这个主意,万一谛乐也不想我怎么办?"

国际大奖小说

"对啊,"达拉斯说,"万一佛罗里达也习惯在河上漂流不想回来了,或是不想要我老跟着她怎么办?"

"听听我们的对话,"赛蕊说,"真是杞人忧天。"

"对啊,"达拉斯说,"一对傻瓜在杞人忧天。"

第四十章

箱子里的宝宝

谛乐和佛罗里达划进躲避河,而且花了两个小时把东西才搬上古洿河。

"热死了。"佛罗里达说,"你不是说搬东西上岸很容易吗?一点儿也不容易,看我们花了多久才把船上的东西搬下来、拖上岸、拉过那些石头,还要把那条重死人的船也推上岸……"

"我们带这么多东西干吗?"谛乐也在嘟囔,"每次靠岸,都得搬这么多垃圾。"他看看远方的乌云:"我们最好赶紧把帐篷搭起来,不然就要过一个湿淋淋的夜晚了。闻到了吗?朝这方向来的就是落汤鸡云。"

不久,暴风雨来了,他们坐在帐篷延伸出来的遮篷下,看着余火嘶嘶地冒着水汽。谛乐在刻一条渔船,佛罗里达盯着自己的木头。

"看我弄得乱糟糟的,"她说,"我雕的这是什么鬼东西啊。"

"开头时你不一定知道自己在雕什么,"谛乐说,"等等看有什么东西跑出来。有时候你得偷看,假装只是随便在动着手、动着刀,假装不特别在意刻什么。然后再突然低头看,动作要快,有时就在刹那间看出来了。可是你要继续假装不知道在刻什么,因为你不要里面那东西躲得更深,更不想出来,对它要温柔啊。"

佛罗里达闭上眼睛,双手轻轻转着木头,然后很快地睁开眼睛往下看。"哇!"她说,"你看到闪电了吗?四周雷电交加,我们还要坐在这里吗?万一雷电击中大树,树倒下来把我们压死了怎么办?"

"我猜总有一天会有人找到我们被压扁的尸体。"谛乐说。

"谛乐,你看过死人吗?我是说真的死人,不是照片上的那种。"

谛乐想起他父亲,冰冷地躺在床上,还有躺在棺材里的母亲。他还想起去年过世的两个最好的朋友。"看过,"他说,"还不少。你呢?"

"看过。"

"谁?"

"一个我们孤儿院的男孩,达拉斯也救不了他。"

"什么?"

于是她就说起乔伊发烧以及他问达拉斯"我是谁,我是谁",还有达拉斯为他做人工呼吸的事。

"怎么有这种事?"谛乐说,"崔家人呢?"

"他们也在那里啊!崔先生在哭,崔太太在吼他,还有……"

"真是岂有此理。"

"你知道吗?达拉斯从那以后就不讲话了——一句话都不讲——整整一个月。"

"你呢?你那时候有什么感觉?"

"我觉得也许下一个死的人就是我,"佛罗里达说,"所以就用红墨水在手臂上写名字,万一我也高烧昏迷时,才不会忘记我是谁。我还跟达拉斯说要是他没办法让我再呼吸,那也不是他的错,可能是因为我的身体里没空间让空气进去了。"

谛乐翻翻湿木头跟灰烬。"佛罗里达,介意我问你一件事吗?要是你觉得太烦,就不要回答。"

"什么问题?"

"我在想佛罗里达这名字,这是个很好很美的名字。你也许不知道怎么会有这个名字的,你知道吗?"

"我知道的都是那个烂崔家人告诉我们的。"

"他们怎么说?"谛乐问。

"他们说我们被放在一只箱子里,摆在他们的阳台上。我们的个儿很小很小,所以两个人放在一只箱子里就够了,但是没有纸条。我们包着干干净净的白布,箱子里面用纸垫着。嗯,不是纸啦,是小册子,知道吧,那种人家出门旅行前看的东西!"

"什么?旅游手册吗?"

"对,"佛罗里达说,"我就躺在一份写着'飞向佛罗里达'的手册上,达拉斯的那份写着'前进达拉斯'。于是这就变成了我们的名字,我是那个佛罗里达宝宝,他是那个达拉斯宝宝。"

"那些东西怎么会在箱底?"谛乐说,"你想过吗?"

"相信吗?在你问起之前,我从没想过。我妈妈也许只是找来了一个旧箱子,里面刚好有那些东西,她也没特别留意。说不定她把我们包在干净的白布里就放进去了。也可能她写了纸条说要把我们给人有多难过,那张纸条上有我们的真实名字,却被风吹走了。你想呢?"

"有可能。"谛乐说,"姓呢?卡特,是吗?卡特这姓哪来的?"

"箱子边印的,上头印着:卡特产品。"

"噢,"谛乐说,"佛罗里达·卡特总比佛罗里达·产品好多了。"

"或是佛罗里达·箱子。"

谛乐摸摸佛罗里达在刻的那块木头。"你看这木头。你边讲话边刻,没有专注在这上面,你看,现在……"

佛罗里达低头看着木头。"你觉得这是什么?一个头发卷卷的东西?"

"我也不知道,不过我敢打赌,要是你不太专注在这上面,它就会跑出来。"

"好,就这样,"佛罗里达说,"不要太注意这块木头。"

第四十一章

逛　街

　　崔太太走进了百利百货公司,冷气迎面袭来,她伸手摸摸脖子后湿湿的头发。她觉得到凉爽的地方真舒服,到安静的地方真令人轻松。

　　在女装部,她晃过一排又一排的衣服,偶尔拿起一件洋装到身上比一比。但这些衣服要么是过时了,要么是太正式了。突然,她看到一件完美的、淡蓝色丝绸洋装,胸部浅浅低低的镂空。她拿起洋装在身上比,裙摆轻轻地摩擦着小腿。

　　崔太太拿着衣服进了试衣间,拉上拉链后,便转身盯着镜子,这才是我应该有的打扮。她走到大镜子前面,转来转去地看着。

　　一个年轻女店员带着一摞衣服走了过来。"这件简直就是为您量身定做的。"那女孩这样跟崔太太说。

　　"你真的这样觉得？"崔太太绕了一圈,好让那女孩从各个角度再看一次。

　　"当然,"那女孩说,"而且不管什么场合都能穿。"

　　崔太太的手指抚着下巴,看着镜中的自己。"知道吗？你说得一点儿也没错。"

在试衣间，崔太太换回原来的衣服，拿出眼镜仔细看标签上的标价。天啊，这样一件小洋装怎么这么贵？她想起先生说的投资还有搬到小岛上的那番话，在岛上傍晚若能穿上这件洋装就太完美了。

她又跑去问柜台那位小姐。"嗯，"她说，"我不太确定该不该买这件衣服。"

"可这件简直就是为您量身定做的。"那女孩说，"您知道可以怎么办吗？我们可以采取分期付款的方式，现在付一点儿，每个月再来付一点儿，这样您就会觉得没负担了。我就常常这么办。"

崔太太觉得很丢脸，这女孩显然看出了她付不出这笔钱。"我是不必用分期付款的，"崔太太说，"我想的话，现在就可以买下来。"

"噢。"那女孩说。

"不过试试分期付款也没什么不好，不是吗？"

离开女装部后，崔太太又到处逛来逛去，摸摸皮包、围巾、套裙，再散步回女装部，在她中意的那件洋装前面停下来。她走近时，听到那个店员正在跟另一位客人讲话。

"这件简直就是为您量身定做的。"那女孩这样跟那位顾客说。

崔太太觉得自己好笨，快步离开了百货公司。可是等她走上热烘烘的人行道时，又想起那件带着粉色花朵

的蓝色丝绸洋装。她看到自己坐在一座小岛上的海边，啜饮着清凉饮料。

在成功市的外围，大约离柏斯屯八十公里的地方，崔先生找到一处凯迪拉克的经销站。走进去后，他绕着展示中心的三部车子转，假装不经意地看着贴在窗口上的那些装备说明和标价。三部都看完后，他走到红色敞篷车旁边，把手放在驾驶座车门上。他可以闻到皮座椅的味道。

"需要帮忙吗？"一个声音从后头传来。

崔先生转身跟推销员打招呼时，手还放在车门上。那个人比崔先生高，低头对着他笑。

"我考虑要买一部新车，"崔先生很稳重地抛下这句话，"像这一部就很不错。"他敲敲红色敞篷车的门。

"您现在开什么车？"推销员问他。

"什么？现在？我？保时捷。"

他说了谎。

推销员瞄瞄窗外，寻找保时捷。

"在修车厂里，"崔先生说，"这也是我来看新车的原因，我实在被那部保时捷弄烦了！"他努力装出对那部保时捷厌倦的表情。其实崔先生开的是一部十年的普利茅兹，他很有远见地把车停在三条街外的路旁，免得让推销员看到他的破车。

"您的旧车会卖给我们喽？"推销员问他，"您的保时"

捷？"

"不用，"崔先生大度地对着推销员讲，"留给我老婆开。"

"哦，"推销员说，"那么要贷款吗？需不需要跟我们贷款部经理谈谈？"

崔先生又一次敲了敲车门。"我付现金。"

"懂了。您贵姓大名，先生？"

"姓崔，崔乔治。"

"那么崔先生，您有什么问题要问吗？"

崔先生心中有一百个问题，但他不想问这个推销员，不想暴露自己的无知。"没有，"崔先生冷静地说，"我再到别家经销站看看。"

"您一定会发现我们才能为您提供最佳服务，"推销员说，"这是我的名片，有什么需要我服务的，请随时告诉我。"

"谢谢。"崔先生将那张名片放进衬衫口袋，又瞄瞄手表。"我得走了，也许我会再回来。"他匆匆走出大门，走进灿烂的阳光里。嗯，他心里想着，进行得还算顺利。

第四十二章

呆　头

那天早晨,赛蕊在收东西时,拿起雕了一半的木头,说:"你知道有时候我会怎么样吗?我给这些雕了一半的东西随便起个名字,很荒谬的名字,像偷窥者啦、小鸟喙什么的,总之给它们安个名字就是了。"

"我的名字就是随便起的。"达拉斯说。

"什么意思?"

"你知道吗?达拉斯,这只是姓崔的从箱子上找来的名字。"

"箱子?"

于是他告诉赛蕊自己和佛罗里达被送到孤儿院时的箱子。说完后赛蕊说:"达拉斯,还记得我去帮你办护照的事吗?"

"好土的照片,看起来像呆头鹅。"

"才不会呢,你那张照片很帅。可是你注意到了上面的生日吗?"

"发现了,三月三日。呆头,我生日是七月二十九日。"

"不过也许……也许你的生日真的在三月三日。"

"才不是,"达拉斯说,"你这样觉得?不,我不要三月的生日。"

"也许你是对的,我了解,可能是姓崔的家伙搞错了。"

可是那天晚些时候他们下山时,达拉斯记起来了——还是他觉得自己记起来了——他记得崔家人曾跟他说反正他们不知道佛罗里达跟达拉斯真正的生日,就把他们被送到孤儿院的那天当作是生日。所以,达拉斯想,他们的真正生日也许比那天早好几个月,也许三月才是他真正的生日。他越想越气,一个人应该知道自己的生日到底是哪一天。

第四十三章

兜圈子

他们开始顺流而下时,佛罗里达想象中的河,都是像经过呐喊红宝石的那一段,窄窄的,平静无波,就那样轻轻地流啊流的。现在她知道不是这么回事了,在河上待了一天半之后,她发觉河流是有生命的,而且像个多面人。也许只是转个弯,砰!河流忽然就宽阔起来了,流速也快了起来。等你习惯宽广飞快的流速后,转个弯,砰!河道又窄了,还处处有石子挡道,不时还有小漩涡可能让你团团转,然后又有沙洲会害得你的船停摆。

早晨起航时,河流也许像片闪闪发光的天鹅绒,到中午时分河面上可能处处布满涟漪、小浪和小水花。你可以看到风雨从远方朝着你过来,在水面上打出痕迹。等到太阳下山,金色的阳光在这里或那里闪烁着,长长的影子越拉越远。一直延伸到远处成了一片宽宽黑黑的阴影为止。

在这个崭新的早晨,他们一路在河上划过,佛罗里达说:"今天晚上我要像昨晚一样再抓一条大鱼。那条鱼真漂亮啊!那是不是你这辈子吃过的最美味的东西?

我真是天生的钓手!说不定我妈妈就是个渔妇!你觉得呢?"

"可能。"谛乐答。

"昨天被我钩破的手臂还好吧?"

"嗯。"他哼了哼。

"你觉得我们解得开那团钓鱼线吗?"

"嗯。"

"谛乐?为什么不管我搞砸什么,你从不发火?"她听到他的桨碰触水面,进、出,进、出。"你听到我说话了吗?"

"听到了。也许我老了,不想发火,也许你认为搞砸的,我不觉得是——有时候事情就是会出错。"

"可是大部分人都觉得我老是把事情搞砸。"

"是他们自己烂,"谛乐说完笑了出来,"烂——实在是个好字眼。"

"所以你不在乎我跟达拉斯留在呐喊红宝石?"她听到谛乐的桨在水面进、出,进、出。"如果你在乎,就直说没关系。"她眼睛盯着前方的河水。他为什么不回答?他在想什么?

终于谛乐开口了:"佛罗里达,你跟达拉斯在呐喊红宝石很烂。"

"什么?"她的头马上转了回来。

"开玩笑的啦,"他说,"有你跟达拉斯,呐喊红宝石会变得有趣的。"

"好的有趣还是坏的有趣？"她问。

"你明知我不能回答是坏的有趣，要不然你可能会把我推下船，所以我只能说是好的有趣喽。"

佛罗里达又看了看水。"谛乐？为什么我们划得这样辛苦，却一点儿也没前进？看起来像不像在往上游走，而不是顺流而下？"

"你记不记得我们刚刚从那小岛的右边经过？"谛乐说，"这河会不会是在兜圈子？"

"对，我记得，从那时起我们就在兜圈子。"

"也许我们应该逆向行驶——到小岛的另一面去。"谛乐说。

"地图上怎么画的？"

谛乐把桨放在膝盖上，探身去拿地图。"地图上没有小岛，也没有圈子。"

"你不是在说我们迷路了吧？"

"我们可能有点儿迷路。"谛乐说。

"如果只是有点儿迷路，我想还好啦。"

第四十四章

进 展

阿雷倚在他常站的门口处看着崔先生在棚子里走来走去。

"你说你看到了几处可能的地方?"崔先生说,"大约几处?"

"到目前为止,大概二十五处。"阿雷说。

崔先生犹豫了一下。"二十五处?"他喃喃地说,"这……太多了点儿。"

"我早就说过了,呐喊有很多石头。"阿雷说。

"但是,二十五处?你找的是大石头还是特别的石头堆?还是每一颗你都画了出来?"

阿雷从口袋里拿出一片口香糖,打开,丢进嘴里。"要是我每一颗石头都做记号的话,到目前为止至少有两千处。"

"你算完工了吗?"崔先生问。

"还没有,还需要一点儿时间。"

"他们什么时候回来?"

"不确定,"阿雷说,"我会去查的。"

"你去查,"崔先生说,"但要快。回去你标的石头那里,再确定它们是不是……很像下面有东西的样子。明晚再见,同一时间。"

阿雷嚼着口香糖等着。

崔先生说:"好,好,这里是一点儿钱,够付你一天工资,余款等真正有了结果再付。"他交给阿雷几张钞票,伸手握住他身后的门把手。

阿雷动都没动,两眼盯着崔先生的金牙。

"会议结束。"崔先生说。

第四十五章

石 头

那天下了一下午的雨,河水湍急。

"啊!"佛罗里达在层层水声中喊道,"划得真过瘾——现在我们一定是顺流而下。"河水流过船身,淹过她的脚。"我们也许湿透了,也许迷路了,也许正朝着这辈子最糟的急流驶去,但至少我们的方向是对的,你不觉得吗,谛乐?"她转身去看谛乐,他的脸跟雨衣都湿了。

"一点儿雨算什么?"他说,"一点儿水算什么?有点儿迷路算什么?"他又把桨伸入水中。

"全速前进!"佛罗里达的叫声盖过河水声。前头有个弯道,他们朝着河中央驶去。

风和雨打在脸上,她爱上了这种感觉,全速往下冲,桨一进一出,水流过船身,以及雨水打在身上的所有感觉。他们飞快地往弯道冲去,就在那里,他们的正前方,有颗巨大的石头。"谛乐,"她大叫,"石头,转弯!"

船急速转向石头右方,被卷进一个漩涡,又把他们推向巨石。船撞到了巨石,一次,两次,力量巨大,漩涡又把船卷走,卷得团团转,然后在一股强力的波浪中,

船翻了。

佛罗里达从水面冒出来时，已经离大石很远了，她吐着水，喘着气。她往身后看，瞄到了救生衣在后方漂着，然后又沉了下去。

就是这回了，她想，我一定会死。

她又冒出水面时，瞄到了在上游一点儿的谛乐，正准备攀住船的一端。"能抓住什么就抓住什么！"他大叫。

"我不会游泳！"

她看到船打着转，用力地撞上另一块石头。在她被冲下水面之前，她看到谛乐没抓紧船身，消失在船底下了。

她想不通，水怎么可能这么有力呢？救救我，达拉斯，救我，救我，救我……

第四十六章

呐喊的石头

呐喊那天早上天气非常好。前一天，夜里来了股冷空气，新鲜又干净，树梢间掠过微微清风，叶子轻轻摆动。

阿雷缓缓前进，拿根树枝戳石头。他蹲下来捡了三颗石头，在附近树干下堆成一堆。他心想这样看起来就有点儿像了。早些时候他也从溪里捡了一堆扁平石头，堆在白桦树丛附近，还用烧焦的木头在石头上画了看起来很神秘的波浪图形。他觉得这样做很棒。

他拿出一张干净的纸，又重画了一张地图，木屋在中央，他在新堆的石头那里打了两个"×"，然后又绕着木屋走了一圈，在离木屋大约二十尺、原来就有颗大石头的地方也打了"×"，又在他堆出来的另一堆石头那里打了"×"。

接下来他往上走到山丘的另一端，仔细瞧着。他发觉有一条经常有人走的小径，弯弯曲曲的越过一丛紫罗兰，再弯向另一丛很奇怪的树丛。他顺着那条小径在树间穿梭，一直走到尽头——一处有柳树的地方。柳树下

Ruby Holler

有一块很平滑的灰色石头,一半被树叶盖着。他蹲下去移开石头,发现下面的土有不久前被翻动过的痕迹。他只轻轻挖了几下就碰到硬硬的金属。

阿雷把金属盒上的泥土抹掉,上面写着:"属于赛蕊!不准动!"盒子上了锁,阿雷把赛蕊的盒子放进背包,又回头去找谛乐的盒子。

第四十七章

跑　啊

达拉斯和赛蕊走到了山顶上,站在那里可以看到一条窄窄的小径曲折陡峭地通向下面的小溪。

"水!"达拉斯喊着,"真的水!我们或许真的迷路了,却找到了水!"达拉斯从小路上捡起一根树枝敲着地面。"嘿,赛蕊,"他朝后头叫,"我们下头见。"说完,他就开始跑。

他迎着风冲向小溪,避开树枝,边叫边笑,跑到转弯处,有只小小的、毛毛的动物在他面前跳,看起来像只老鼠。他想跨过老鼠,结果滑了一跤,摔了个四脚朝天。

忽然他觉得体内似乎有个东西撞了一下,佛罗里达,他想,一定是佛罗里达出事了。

第四十八章

再度逛街

崔太太搭了公车来到成功市,站在第一大道的一家珠宝店门前。她不知道是什么力量把她带到这里,只知道人已经来了,很想进去。

她深深地吸了口气,挺直了背,推开了门。头顶上,细细的灯管轻柔地将光打在展示柜上,柜台擦得光亮照人。展示柜里亮晶晶的镜子照着闪闪发亮的宝石、金饰和银饰。

一个穿着深色西装的男士轻轻朝她走来。"您想看什么?"他问,"是特意在寻找什么珠宝吗?"

崔太太看一眼展示柜,看见一条镶了红白宝石的金项链。"这条很漂亮。"她指着项链说。

男士从口袋里拿出一串钥匙,熟练地打开玻璃门,拉出展示项链的镜子底座。"好眼光。"他边说边将项链从底座解开,还将镜子转了个角度,好让她试戴时能看清楚。"哇,"他说,"真是完美!非常适合您。"

崔太太满意地对着镜中的自己微笑。这条项链是很完美。

"当然,红宝石加蛋白石,"男人说,"还有最纯的金子。"

"当然。"崔太太跟着说。红宝石加蛋白石?她想。真的红宝石?真的蛋白石?

"这是为参加特殊场合买的吗?"那男人问。

"什么?噢,是,对,是的。"她的心在狂跳。特殊场合?"豪华邮轮。"她脱口就这样说,"事实上,我先生要带我去搭很特别的邮轮,到一座小岛上去。"

"加勒比海吗?"男人问。

"啊?没错,"崔太太回应着,"你怎么知道?"

"那是像您这样美丽的女人应该去的地方。"

崔太太的脸都红了。"哇,谢谢。"

"夫人想知道价钱吗?"那男人笑着,很温柔、友善地笑着。

崔太太点点头。

"一万八千元,"他说,"绝对合理的价钱,这么美丽的艺术作品。"

"哦,绝对是。"崔太太摸着袖口上的亚麻布。她觉得自己一定是听错了,一条项链一万八千元?崔太太有点儿局促,感觉好热。"你们的冷气是开着的吗?"

那男人快步走到温度计旁。"是的,是正常的啊。夫人不舒服吗?"她拨弄着项链的卡扣。"你说得没错,这条项链好完美,这红宝石、蛋白石,还有……"她不知道该如何结束这句话,只好假装在看宝石。"我只是不确定这

样能不能搭配我的晚礼服。"晚礼服？我为什么会说"晚礼服"呢？这么呆的字眼，晚礼服。

"很欢迎夫人把晚礼服带来这里试项链，"那男人说。他跟着她走到门口，为她开门。"要我帮您把项链先留起来吗？"

崔太太赶紧往门外走，她想说的是不用不用，快把项链锁起来，拿得远远的，可是说出来却成了："好啊。"

"您尊姓大名？"

"崔，"她说，"崔美丽。拜拜。"然后就匆匆走上街道，她不明白自己怎么会留下真名，怎么还会添上最后那两个笨字——拜拜。

她一直走了好多条街才停下来，靠在一栋大楼旁。一万八千元！她几乎无法想象那么多钱。人家是怎么赚的呢？多到可以花一万八千元买一条项链？她的心七上八下的，想着这么多钱可以做的事。

第二天，崔先生也来到同一家珠宝店，进店前他先小心地把手上的表拿掉，然后轻步移到手表柜台往里面盯着。

"要我拿什么给您看吗？"售货员问。

崔先生决定要做出一副胸有成竹的模样。"我需要块手表，那块——像那样的手表。"他指指展示柜内。

"好眼光。"那男人把手表拿出来，"先生要试戴一下吗？"

"好的。"崔先生说着就把手腕伸了出去。

"这是我们最好的手表之一,"售货员说,"您以前戴过这种表吗?"

"有啊,戴过,有过,"崔先生虚应着,"不幸丢了。"

"丢了?真是可惜。"

崔先生希望自己看起来有点儿伤心的模样。"没错,"他说,"没有人喜欢遗失这样贵重的手表。"

"是的,先生,没人愿意。"

崔先生来来回回转动着自己的手腕。

"完美,"售货员说,"简直是为您量身设计的。"

没错,崔先生觉得,看起来的确像是特别为我量身设计的。

售货员先解释说这钻石金表的品质,接着问:"先生想知道价钱吗?"

"价钱吗?好啊。"

"九千元,"售货员说,"很合理,当然,光这钻石和……"

"绝对合理。"崔先生打断他的话。

"先生现在就买下来吗?"

崔先生的眼光又飘到展示柜内。"嗯,"他很怜惜地说,"还有几款表我也想试试看。"

售货员又跟他来到一个展示柜。

"但现在我没有什么时间,"崔先生说,"也许有空我会再来一趟。"他拉开表带,把手表摘下来。当他把手表放回柜台时,手还在发抖。"对啊,今天很匆忙。"他走到

门边。"我一定会回来的,一定。"

"要我帮您把手表先留下来吗?"

"当然。"崔先生说完后就拉开了门。

"先生,尊姓大名?"

"姓崔,崔乔治。"崔先生急急忙忙走了出去。

"崔?"售货员说,"啊,崔先生,您是不是要坐邮轮去玩儿?"

但崔先生没听到他的话,人已经走到人行道上,往下面走去了。九千元买个表?蒙笨蛋啊。

但是匆忙往下走时,崔先生又瞄瞄自己的手腕。戴在我手上看起来还真合适,也许是钻石吧,是的,一定是钻石的缘故。也许九千元买一个镶钻的手表很合适。

第四十九章

水下世界

船翻了，谛乐落入水中，在湍急的河水中拼命想攀住船身。他被船拖着走，撞到了石头，又淹进水里。每次他想爬出水面，马上又会被浪打翻。

他希望佛罗里达已经游到岸边，也很后悔他跟佛罗里达都没穿救生衣。老笨蛋，他骂自己。好像河流也同意这说法，河水猛地冲过他的头，把他弄沉了下去，还逼他松开抓住船身的手。

佛罗里达不会游泳，如果谛乐早知道就好了。忽然他觉得自己好衰弱、好无力，像个破娃娃一样浑身无力。

在下游处，佛罗里达攀住了河中央的一块石头，石头上长着青苔，很滑，她的手一直在打滑。她想起孤儿院里有个男孩曾跟她说过应该怎样漂浮。他说："吸一大口气，然后像死人一样躺着。"

怒吼的河水一直在冲击她抓着石头的手，她深深吸了口气后闭上了眼睛。我要像死人一样漂着，只希望最后别真的成了死人。

几秒钟后，她感觉到身体漂浮在水面上，没想却又

被冲过来的浮木撞沉到水底。她的膝盖刮到了河底的石头。可能这里的水并不那么深，要是我能站起来就好了，要是这烂水不要一直冲过来就好了。

第五十章

感 觉

达拉斯躺在小径上,感觉好像一个被掏空了的稻草人。

"你还好吗?"赛蕊从后头跑了过来。

"滑倒了。"他说。他的头在痛,手臂像被白格腾家男孩揍过似的。他闭着眼睛,结果却看到了乔伊的影子,只不过这回变成乔伊在对达拉斯做人工呼吸。"赛蕊,"他说,"我只是要你知道,万一我死了,不是你的错。"

"什么?"她说,"死?你有要死掉的感觉吗?"

"没有,我只是这样说……"

"别说了,"她伸手去拿背包,"我希望我带够钱,万一得送你去医院,这里可不会有石下基金。"

石下基金?好像有什么关于石下基金的事一直在困扰着他。什么事在烦他呢?他实在想不出来。

"希望我们离呐喊红宝石或柏斯屯不会太远。"赛蕊说。

柏斯屯。崔家。石下基金。糟了!

"你还好吗?"赛蕊问,"有点儿头昏是吗?"

Ruby Holler

达拉斯心想,他跟佛罗里达到底是什么时候遇到崔先生的?他们提起石下基金了吗?为什么会提到?

"达拉斯?"

达拉斯脑海里上演一幕短片,他看到崔先生踩躏过整片呐喊,在找石下基金。

"赛蕊?"他说,"我做了件很笨很笨的事。"

"胡说,"她回答,"谁都会跌倒,跌倒不是你的错。"

达拉斯又闭上眼睛,他一定得告诉她。就在那时候,那种感觉又上来了,佛罗里达有麻烦的感觉。"赛蕊!等一下,佛罗里达有麻烦了……"

"佛罗里达?你在讲什么?"

"我就是知道,我可以感觉到,出事了,出差错了。我们一定要找到她和谛乐。"他踉跄地站了起来。"我们一定得找到他们,出了很大的事。"他突觉胸口很闷,需要大口呼气。

赛蕊把手放在喉头,说:"也许是谛乐,不是佛罗里达,我有一种感觉……"

"我也是啊,"达拉斯说,"赶快走。"

他们踉跄地走下通往山下小溪的小路,发狂地寻找方位,可是实在不知道该往哪儿转。

"就选一个方向吧,"赛蕊说,"上游还是下游?你的直觉呢?"

"下游。"达拉斯说。

呐喊红宝石

他们朝着河岸走去，爬过树根和石头，穿过茂密的丛林。远方传来枪响，接下来是叫喊声。在河的对岸，两个年轻人冒了出来。他们穿得很邋遢，大约十六七岁的模样，俩人都带着枪。

高的那个对另一个说："大头鬼，那一枪差点儿打到那两个人。"他对赛蕊还有达拉斯说："你们看到一只鹿跑过去了吗？"

"没有。"赛蕊说。

矮的那个男孩：“跟你说不是鹿，是山猫。”

"山猫跟鹿我分得清楚，"那高个儿男孩说，"你们两个在这里干吗？"

"旅行，"赛蕊说，"你们知道这是哪儿吗？"

高个儿男孩拿起挂在腰间的水壶，喝了一大口水，然后用袖子抹抹嘴巴，"你们不知道自己在哪里？"

"不是很清楚，"赛蕊说，"我们从呐喊红宝石开始走的，想再走回去。"

"呐喊红宝石？"矮个儿男孩说，"没听过。"

"柏斯屯呢？"达拉斯问，"知道在哪里吗？"

"当然。"高个儿男孩刚要说，另一个男孩就打断了他的话。

"你才不知道呢，"他说，"你根本没去过柏斯屯，根本不知道它在哪里，懂吗？"

"哦，我一定是想成另一个地方了。"

"好吧，那么你们知道哪里有电话吗？"赛蕊问。

"当然。"矮个儿男孩说,"当然。你们继续往下游走,很近,就会有家小餐厅,知道吗?那里有吃的,也可以打电话。这样好了,如果需要的话,我们可以帮你们看着背包,在这里等你们回来。这东西看起来很重。"

"你们真好,"赛蕊说,"你说很近是吗?餐厅?"

"对,大约五分钟路程。"

赛蕊卸下背包放到地上。"好,就这样。达拉斯,准备好了吗?"

达拉斯累坏了,若是原来的他,一定会马上逮住这机会,脱下背包,跑去吃东西,但这时他仿佛听到佛罗里达说,别相信他们!

"达拉斯?"赛蕊又问了一次,"走吧,去吃点儿东西,看看我们到底在哪里,还可以打个电话,传话给阿雷……"

"阿雷?就是那个把船拖到河边的人?"

"是的,"赛蕊说,"他应该知道去哪儿可以找到谛乐跟佛罗里达——还有我们。"

赛蕊和达拉斯起身往餐厅走去时,达拉斯频频回头看着那两个男孩,他们坐在赛蕊和达拉斯的背包旁笑个不停。

"再见,"他们喊道,"我们会在这里等你们回来的。"

第五十一章

阿　雷

阿雷开着车离开呐喊红宝石,他真希望没跟姓崔的混在一起,希望能敷衍这姓崔的,不让他在谛乐跟赛蕊回家前碰这个地方。

姓崔的没料到阿雷认识谛乐跟赛蕊一辈子了,阿雷的木屋就在呐喊的另一端,也就是说阿雷是他们最近的邻居。就是阿雷载谛乐跟佛罗里达还有船到河边的,也是他载赛蕊跟达拉斯回家的。他们拜托阿雷在他们离家时帮忙看家,谛乐跟佛罗里达结束行程后,阿雷也要去载他们跟船回来。

阿雷看看镜中的自己。我实在该去剪剪头发,还要刮刮胡子。该清清家里,也许也该洗洗衣服。可能还需要修修这部小卡车。

他希望赛蕊跟谛乐赶快回家,他要跟他们讲姓崔的事,还要跟他们坦白这一切。

第一个坦白很容易:他就是去办达拉斯护照的人,帮姓崔的做这份工作没什么不对,只不过因为他找不到出生证明,就请一个朋友捏造了一份。捏造这份证明也

没什么大不了的,可是等到他发现达拉斯要陪赛蕊出远门时,他就开始有罪恶感了。他需要告诉赛蕊这件事。

第二件坦白的事就有点困难了。

他想起谛乐跟赛蕊舒适的家,有暖暖的拼花被,还有香喷喷的厨房。我是个很差劲的厨师。我家还有跳蚤。

阿雷打开了副驾驶座前面的柜子,在翻那堆乱七八糟的纸张。他拉出一张皱巴巴的纸,把它放在方向盘上抚平,那是他在赛蕊、达拉斯、谛乐和佛罗里达上路后才找到的医院资料影印本。

他不知道为什么要回头去找资料,本不需要的,因为他已经帮达拉斯办好护照了。可是找资料时他觉得很好玩儿,有一份宝宝的出生资料上记着他们多重、多高,有个小娃娃只有一百多克,比一只小鸟重不了多少。

阿雷已经查完达拉斯和佛罗里达出生那年的二月和三月的资料,现在他翻到四月份了。就在那里,在四月四日那天,列着有一对双胞胎在早上七点四十五分出生,一男一女。他眼睛移到中间那栏,列着母亲名字的那一栏。

忽然他觉得自己的心脏病要发作了。

那是我太太啊,我老婆,我唯一的老婆。

他试图很快地在心里算一下,但是脑筋不听话。他几乎要停止呼吸了,她是在那年离家的吗?她是在十一月一个冷冷的下雪天走的。一个下着雪、酷寒、冰冷的十一月的一天。那是哪一年啊?

有个东西忽然闯进他脑子里,像疯狗一样乱闯。这对双胞胎可能是我的孩子,可能是我的骨肉。我可能是个父亲啊。

阿雷不知道该如何看待这件事,对一个男人来说,这实在是太难以接受了。我需要让脑袋找个可以休息的地方。

也许他该跟那两个孩子讲清楚,直接把他们带来住处,那他们就成了现成的家庭。可是带孩子到底是怎么回事他都搞不清楚,也许他最好先读读书。也许他最好先查查看他太太到底是哪一年出走的。

现在他正开着车离开呐喊,把纸折好又塞回去,也许他应该先学会煮菜,也许他应该先存点儿钱,也许应该……

他就这样往前开着车,想着也许应该,也许应该……

第五十二章

独 木 筏

佛罗里达在水底下翻滚,膝盖手肘刮到石头上。水流从她身边不断冲刷,像在洗一只破袋子。她的脚能碰到底时,就赶紧用力一踩,探头到水面上来吸一大口空气,马上河水又把她拉回河里。她很生气,生气这条河,生气石头,生气自己怎么不会游泳。你伤不了我的,烂河!

再次浮出水面时,她的前额撞到了一根宽宽的木头——一根漂流在水面上的浮木。她抓住,让自己爬上去,随着它歪歪斜斜猛力地冲向下游。木筏,她想,一个发神经的木筏!

她无法控制木筏,但它可以让她的头浮在水上,不用一次只能吸一口气。前头,河流又快冲向转弯处了。要是能被冲上岸就好了,要是我能看到谛乐就好了。她不能回头,否则木头就会倒向一边。她看见船发疯似的在打转,船还是翻的,但没看到谛乐。

"谛乐!"她大喊,再一次,喊得更大声。她没听出自己的喊声有多么大,多么焦急,像只哀号的牛。"谛乐!"直到她趴在独木筏被冲往下游时,也没听到任何回音。

第五十三章

大 笨 蛋

"我们绝对走了不止五分钟了。"赛蕊说。

"四十五分钟还差不多。"达拉斯说,"也没看到餐厅的影子。你知道我在想什么吗,赛蕊?我在想那两个男孩可能是在戏弄我们。这里根本没有餐厅,也许他们是想偷走背包。"

赛蕊停住了,用手直拍头。"我有时真是个大笨蛋。"

"不,你不是。"达拉斯说,"你只是以为每个人都是好人,每个人都很老实。"

赛蕊一只手放在达拉斯肩上。"我就是那样想,所以现在才会觉得自己真是个大笨蛋。"赛蕊解开黄围巾塞入口袋。"好吧,那么,我们这两个大笨蛋需要找到离开这里的路。"

头顶的太阳被雾气遮住了,凝重且带着水汽的空气,在他们沿着窄窄的小径赶路时直逼而下。

"我们最好赶紧找到个城镇。"达拉斯说。他不想告诉赛蕊那种佛罗里达出事的感觉一直在增强。现在他敢断定她一定是出事了,而且人在河里面。他就像看见水

晶球里那样清楚。"要是我们能找到个城镇,那我们就会知道我们在哪里。谛乐的那个朋友,那个叫阿雷的,有电话吗?"

"没有,可是我可以在葛莉丝餐厅留话给他。他常在那里出入。"

"我想我看到过那个家伙,"达拉斯说,"我看到他跟崔先生在一起。"

"不会吧!"赛蕊说,"我真希望他没有。"

"那个叫阿雷的家伙不爱说话吧?"达拉斯问。

"话不多,他一个人住,不习惯多话。"

"为什么?"达拉斯说,"以前他有过兄弟姐妹或是孩子太太,都淹死了还是被弄死了吗?"

"你讲话越来越像佛罗里达了。"赛蕊说,"我想阿雷是有一两个兄弟,可是住在别的地方,我从没见过。以前他有太太,但维持了没多久。"

达拉斯想象阿雷跟太太住在一起,两个人阔步走过呐喊。"他太太怎么了?"

"我猜她不喜欢住在呐喊。她讨厌被困在这小木屋里,想去看看世界,所以有一天她就走掉了。"

"他们有孩子吗?"达拉斯问。

"没有。"

"他又再见过她吗?"

"达拉斯,你的问题可真多。"

"我只是好奇。要是你太太走掉了,你应该会去找她,不是吗?"

"我想是的。"

"那么阿雷怎么不去找他太太呢?"

赛蕊捡起横在小路上的一根树枝。"那是好久以前的事了——也许是十五年前了。他去找过她,但我猜没找到。"

"真可惜。"达拉斯说。他想象着阿雷一个人坐在木屋阳台上。"嘿!看——我们只顾叽叽喳喳说个没完,你看前面不是有个农场吗?看到了吗?在那边!"

赛蕊向空中挥舞双手。"农场!文明!人!电话!跑啊!"

他们两个飞跑起来,跑过树林,跳过木头,躲过树枝。

第五十四章

慢动作

谛乐一直要游近佛罗里达,可是手臂不听使唤。他双手又重又麻,胸口还不断感觉到河水冲击的力量。水流一直把他往下拉,水面下的一切好像突然变慢变安静了。谛乐猛拉自己的外套,好像这样可以卸掉一点儿胸口的压力。

一个简单、清楚的画面闪过他心头。在他最小的女儿洛丝跳水之后,也是头下脚上地跳进水里,洛丝跳下后就没再浮起来。他在河底找到她,她闭着气在那里打坐。谛乐揪住她的手臂往上拉。"哟,爸爸,"她急切地叫,"我就要打破自己的纪录了!"

这时,在水下,洛丝跟佛罗里达合二为一,他希望佛罗里达记得闭气。他又想起赛蕊,他真希望自己答应跟她一起去找摇滚鸟。

他最后想到的事,是这么多年他跟赛蕊怎样各自拥有一个秘密——石下基金,这个笨秘密。他觉得自己现在懂了,也许拥有这个秘密是个保障吧,万一对方出事时的一点儿保障,好让活下来的人至少有个东西可以抓在手里。或许因为某些时刻,就像此时此刻,你对某人的一切了如指掌时,你的心就再也装不下任何东西而满溢了。

第五十五章

在 路 上

阿雷载着赛蕊和达拉斯离开农场,车子颠簸地在石子路上开着,他的心中七上八下。他们必须尽快找到谛乐和佛罗里达,赛蕊和达拉斯已经讲得很清楚了。阿雷觉得他们俩人能感觉到对方出事绝对合理,他相信人的心灵感应是很奇妙的。

阿雷一直偷偷瞄着达拉斯。他一点儿也不像我,还好,我长得真是丑死了。

"你认为呢,阿雷?"赛蕊问,"我们要怎么判定他们在河的哪一段呢?"

"很难说,"阿雷说,"可能得靠直觉判断了。他在碎石子路上加速前进,开进了高速公路。阿雷觉得自己实在应该刮刮胡子才来,也应该换件衣服。不然孩子会以为我是街头游民的。

"有件事我该告诉你,"阿雷说,"关于那个姓崔的家伙……"

"他偷了石下基金?"达拉斯脱口而出,"他到呐喊来鬼鬼祟祟的,然后就……"

"达拉斯！你脑袋里到底装了些什么啊？"赛蕊说。

"嗯，他猜得不离谱，"阿雷说，"他是个很聪明的小子，脑袋里一定有什么特别的天线，可以看出别人在想什么。"

"什么？"赛蕊说，"怎么回事？"

于是阿雷就开始说崔先生怎样要他到呐喊去找"特别的石头"，并且要他画张地图。

"所以你认为他是在找我们的石下基金？"赛蕊问。

"没错。"

"他怎么会知道石下基金这件事呢？想不出来谁会告诉他，我知道你不可能跟他说的。"

"没错。"阿雷说。

达拉斯张了张嘴，闭上，又张开。

"但是我得坦白一下，"阿雷说，"我把你们的石下基金拿走了，以策万全。"

"你怎么找到的？"达拉斯问。

"我有个狗鼻子，埋起来的东西都找得到。"阿雷说，"别担心，赛蕊，钱很安全。"

"我不担心，"赛蕊说，"不是为这……"

"我找到两个金属盒，"阿雷说，"和两个洞里的两堆零钱……"

"什么？另外两个洞？"赛蕊问。

"可能是我跟佛罗里达的。"达拉斯说。

赛蕊摸摸达拉斯的手。"你是说你们也有自己的石

Ruby Holler

下基金？像我和谛乐一样？"有个声响，像被抑制的哽咽声，从她喉头传出来。"这真……真……真贴心。"

达拉斯好难过，真希望自己可以从椅子上消失，不只因为向崔先生泄露石下基金的罪恶感，他还怕找不到佛罗里达跟谛乐，或是找到时人已经死了。很快他的心又游移到呐喊，跑回木屋，跑上阁楼，跑到有软软拼花被的床上。

"那个姓崔的还会到呐喊来吗？"赛蕊问。

"问得好。"阿雷说。

达拉斯看着赛蕊，他知道她跟自己一样很担心谛乐跟佛罗里达，她的手扯着黄围巾，眼睛一直盯着前方的路，好像这样就可以快点儿到。达拉斯转头看着阿雷，他驾着车转过一个又一个的弯，好像他是职业赛车手一样。

"你知道康葛墩那个地方吗？"阿雷说，"我问过了，问到一个去过的人。"

达拉斯实在无法将心思放在对话上，为什么阿雷还在讲康葛墩？他为什么不想个办法赶紧找到谛乐和佛罗里达？

"那个人说康葛墩怎么样？"赛蕊问。

达拉斯真想大叫，别再谈康葛墩了！

阿雷拍了下仪表盘。"他差点儿没被蚊子叮死！还染上疟疾回来。"

189　呐喊红宝石

"疟疾?"赛蕊问。

"对。"阿雷驶离马路,转进一条窄窄的小路。"这条路通往马卡拉河,"他说,"我的直觉告诉我要往这里走。你们的直觉呢?"

达拉斯把手压在胸口,闭起眼睛。"马卡拉,"他说,"听起来很顺耳。"

第五十六章

在河上

佛罗里达利用独木筏靠到了岸边,倒在泥里。她躺了一分钟,在那里喘气,然后猛然坐起来,盯着河水瞧。她有点儿生谛乐的气,气他没来救她。

佛罗里达瞄见船了,卡在上游的泥地里,跟她相同的岸边。她还看到一件救生衣被水冲到了河的对岸。

"谛——乐——!"她大喊。她看到上游处,靠近一块大石头的地方有东西在晃动。是谛乐的外套吗?接着她就看到谛乐的头上上下下地浮沉着。

她冲往上游,把船翻过来后,发现桨不见了。她又看到谛乐的外套和头在水中浮沉,便赶紧从帐篷的支架上解下一条绳索,把一端绑在岸边的树干上,手中握着另一端,又走回水里。

"谛——乐——!"她大叫,"我来了!我又要走下这条笨烂河了。说不定我自己会死掉,可我还是要来救你。希望你心存感激。"

河水推打着她,在膝盖那里打转,然后往上打到腰和胸部。水流不停地冲撞,佛罗里达紧紧地拉住绳索,眼睛死盯着谛乐外套那一点儿颜色。谛乐的外套在水中鼓得像个气球,在水面上跳了几下又泄气地跌进水中。

"听着,河水,"她一寸一寸踩着河床前进,"我跟你商量一下。你让我过去,我就……我就……"可是她又想不出来她可以跟河水讨什么价。"甜美的河水,"她换了个方法,"美丽的河水……"可是河水依然冲过来,把她拍倒在水里。她借着绳子站起来,"见鬼没脑袋的河水。"

谛乐的外套又鼓起来了,她一个箭步跃过去,抓紧外套,拖向自己这边。然后她抓到谛乐的手臂,把绳索绕上去,这才伸手到水下把他的头扶上来。

看到他的脸时,她几乎要大哭起来。噢,天啊,谛乐,你的脸色很不好,看起来真像死了。

她把他拖上岸,让他平趴在地上,再拍打他的背。她真希望以前上安全课护士带着一个假人教他们做人工呼吸时,自己能专心一点儿。

水从谛乐的嘴巴里跑出来了,佛罗里达让他侧躺,用手指在他嘴巴里掏,怕有东西塞在那里,同时她还不断地喊他:"谛乐!谛乐!听到了吗?你要呼吸啊!我可不想做那种帮你呼吸的事,我不会,不记得。"

她捏捏谛乐的鼻子,想着达拉斯对着乔伊吹气的画面。她正想对谛乐的嘴巴吹气时,他的眼睛睁开了。

"我希望这表示你活过来了!"她讲,"我不希望你烂死在我手上。"

谛乐伸出一双手来摸摸自己的前胸,拍一拍。"我觉

得好像连心脏都泡水了,"他说,"快去求救。"然后又闭上了眼睛。

"我上哪儿去求救呢?"她叫,"你醒醒啊,别烂死在这里。"她瞄瞄河岸,然后就大喊出她唯一知道怎么喊的:"达——拉斯!达——拉斯!"

阿雷、赛蕊和达拉斯这时正在下游找他们,听到了她的喊叫声。佛罗里达看到他们跑过来时,觉得自己好像要碎成一亿片,那些碎片就那样撒进了空中,消失在云端。

第五十七章

泡水的心脏

佛罗里达在医院的候诊室里,全身裹着毯子,达拉斯和阿雷在她身边。

"我很高兴你在场,佛罗里达,"赛蕊在匆忙赶到去找医生前这样对她说,"真的很感激,但是我也很心疼你在场,心疼你要经历这么吓人的事情。"

佛罗里达把下巴塞进毯子里,不让它发抖。

"为什么得等这么久?"达拉斯问,"他们什么时候才告诉我们谛乐的情况?"

阿雷坐了起来,这个孩子在问我问题,这个孩子在依赖我。"我去问问前台。"阿雷尽量讲得好像自己知道该怎么做一样。

达拉斯挨过去靠着佛罗里达。"会没事的,我敢说。别担心,佛罗里达,谛乐不会怎样的。"

佛罗里达把下巴深埋进毯子里,她不知道除了达拉斯,她还会这样担心别人。她要跑过走廊,打开所有的门,直到找到谛乐为止。她要他好起来,要再听他用发牢骚的语气讲话,要再见到他讲完笑话时的笑脸,要看他

翻煎饼,要听他讲秘方。

阿雷拖着笨拙的脚步,双手无助地垂在两旁。"他们也不清楚。"阿雷把手放进口袋,但马上又伸了出来。"医院会让我发狂,我去买点儿甜甜圈来。"讲完,他就快步走出去了。

"怪怪的家伙,这个阿雷。"达拉斯说。

这时佛罗里达看到赛蕊朝他们走过来,赶紧跳起来冲过去,她把头埋进赛蕊怀里,紧紧地抱着她。"好大的河。"她说。

"没关系,"赛蕊抚摸着佛罗里达的头发,"我想我们的谛乐没事了。"

第五十八章

准 备

阿雷、达拉斯、佛罗里达和赛蕊挤在厨房里。台子上堆满了碗、量杯、调味料、面粉,糖撒得衣服上到处都是。

"赛蕊,你实在应该看看我们弄的这一坨,"佛罗里达说,"达拉斯,告诉她,告诉她我们面糊里有什么。"

"有捕鼠器、蜥蜴、虫子、图钉、刺、还有……"

佛罗里达插嘴进来:"还有咬人猫、捣过的黑刺莓跟一只死老鼠。那只死烂老鼠是在谷仓找到的。"

"等会儿我们弄好了,"赛蕊说,"我就回医院去,谛乐要是没欣赏到这一出好戏就可惜了。"

"他心脏没事了,对吧?"佛罗里达问,"很轻微的,是吗?"

"很快就没事了,"赛蕊说,"他开始发牢骚了,看来是没事了。也许今晚他就可以出院回家了。"

阿雷四下闻闻。"你在煮什么?"

"'好——好——对——待——孤——儿'的巧克力蛋糕。"赛蕊说,"不知有没有效果,管他呢,试一下没坏处。"

Ruby Holler

在外头,他们在标出来的石头下挖洞,把巧克力蛋糕埋进一个洞里,把捕鼠器、蜥蜴、虫子、图钉、刺、咬人猫、捣过的黑刺莓跟死老鼠埋进其他洞里。

"好啦,最后一个,"阿雷说,"照达拉斯建议的,这是到维尼杂货店买来的。"他拿出一袋东西给大家看。

前一晚,离开呐喊红宝石后,阿雷开车到柏斯屯去。他看到崔先生在巷子里来来回回地走,一直望着黑黑的夜色。

阿雷交给他一份折好的纸。"比我预计的还多,"阿雷说,"那片地很大,石头很多。"

崔先生赶紧打开纸,用手电筒照着。"啊,"他发出这声音后是"嗯",还有"哇哇"声。他详看了那张纸:"看起来还是太多了点……"

"我跟你提过,那里石头很多,我照你说的尽量缩小可能性了,"阿雷倚在棚子旁望着黑夜说,"还要我做什么呢?"

崔先生关掉了手电筒。"其他的事我自己来,你已经完工了。"

"那其余的工钱呢?"阿雷问。

"像我说的,如果有结果,你就会拿到红利。"

"你什么时候才会知道有没有结果呢?"

"你说他们什么时候回来?"崔先生问。

"大约还要一周,这是我的估计。"阿雷骗他。

"那么我最好马上动工,"崔先生说,"他们回来之前我应该就知道结果了。"

"如果你要上那儿去,我建议利用星期天,稳妥一点儿。"

"好,好。"崔先生说,示意他该走了,"你可以走了,我还有事要做,有事要做!"

稍晚,在棚子里,崔先生研究着地图——藏宝图。他按捺不住内心的激动,靠在桌子旁。那里还有一把大铲子,桌上有小刀和一个空空的、坚实的袋子,崔先生双手搓着呐喊红宝石的藏宝图。

第五十九章

投 资

崔太太在大发雷霆:"什么意思?你整天都在干什么?"她质问她丈夫,"等这些孩子从主日学校回来,我怎么应付得了?茉耕早上不在,我一个人哪有办法管这些野孩子!"

崔先生在翻箱倒柜,找那只旧靴子。"我跟你解释过了,这很重要,"他说,"是为了……投资的事。"

"穿这身衣服你要上哪儿去?你看那件破运动衫和脏死人的靴子!这哪像是要去谈生意的装扮!"

崔先生从老婆面前走过,到一张椅子上坐下来,把脚伸进靴子里。

"去外面穿,"崔太太说,"你会把干掉的土抖在地毯上的,跟那些孩子一样。"

他没理她,系上靴子后又回到衣柜旁。

"你还没回答我的问题,"崔太太说,"这么多孩子我怎么应付,还有你穿这身衣服究竟要上哪儿去?"

他转过身来朝着她甜甜地微笑着。"就只有今天你一个人应付,没问题的。至于我要上哪儿去,你这美丽的小脑袋就不用担心了。"

崔太太最讨厌他用美丽的小脑袋来称呼自己,这让她觉得自己像个没用的布娃娃。"这个美丽的小脑袋,"她冷冷地回答,"只想知道你要上哪儿去,这个美丽的小脑袋不认为问自己先生这个问题会太过分了。"

崔先生对自己妻子特别无法忍受的一点,就是当她想知道一件事时,会死缠活缠地直到把答案逼出来为止。

"我得去察看一些土地投资,"他说,"所以得到那些土地上去看看。这块地在乡下,如果运气好的话,我们就再也不必管这些孩子了,就可以搬到小岛上去了。好啦!你的美丽的小脑袋满意了吗?"

崔太太没回应他,她在看镜中的自己,想起了那件带粉花的淡蓝丝绸洋装,还有那条镶着红宝石、蛋白石的项链。

第六十章

医院的谈话

赛蕊坐在谛乐病床旁的椅子上。

"我要回家,"谛乐在发牢骚,"我已经好了,不想再被关在这里,我要回去坐我叽叽叫的秋千和歪一边的阳台。不要老是有人探头进来看我,"他拍拍前胸,"在这里开一刀,把我里面的东西都弄乱。"

"你实在很啰嗦,"赛蕊说,"医生说你不必动大手术,只要休息几天,注意饮食,很快就会恢复正常,像好人一样。"

"我不必变成新人,我要原来的我。"

"那个我熟得无法再熟、脾气坏得乱七八糟的旧靴子?"

"脾气坏得乱七八糟的英俊的旧靴子。"

他们一个下午都在聊天,满肚子的事要说,不过他们说的不是这一路上的事,也不是心脏病突发或是心导管手术。他们在讲哈培家、柯仁北家、白格腾家、朱立普家,还有姓崔的和柏斯屯小溪孤儿院。

"不能让达拉斯和佛罗里达再回到那样的地方。"赛蕊说。

"我知道。"谛乐说。

"那姓崔的实在没资格经管孤儿院。"

"我知道。"

"谛乐,我爱这两个孩子,很爱,像爱我们自己的孩子一样。"

"我知道。"

"阿雷说那个孤儿院里大概有十二个孩子,"赛蕊说,"可怜的孩子,这实在是罪过。你想他们会不会都跟达拉斯和佛罗里达刚来时那样没安全感?记得吗?他们以为我们会叫他们睡猪圈。"

"还有蛇坑。"

"我无法忍受跟这两个孩子分开。"赛蕊说。

"我知道。"

"还有,谛乐,我也爱呐喊,我要你知道。"

"我知道。"

"还有,谛乐,没有你,我会是只没有靴子的袜子。"

"我知道。"他看看赛蕊,"你要我也跟你讲这些好听的话吗?"

"不用,"她拍拍他的胸膛,"我全都知道。"

"很好。"

"好啦,"赛蕊说,"你懂我的意思了吗?有没有办法把达拉斯跟佛罗里达留在呐喊?"

"我会想的，"他说，"很用心地想。"谛乐往后躺了下去，闭上眼睛，但很快又睁开。"嘿，"他说，"我刚想起一件事，阿雷说我回家后有件事要跟我商量，你知道是什么事吗？"

赛蕊打了个哈欠。"大概不怎么重要吧，你知道他问我什么吗？问我记不记得他太太是哪一年走的！我跟他说我哪里会记得。好了，在医生放你走之前，先睡一觉吧。你还需要休息，博迪、露西星期一都会回来。"

"哎，干吗这样大老远跑回来呢，"谛乐说，"这样我会紧张，大家都回来围着，一副我要出什么事的样子。"

"还有明天我们会来段姓崔的探险插曲，别忘了。"

"姓崔的？那个烂……"谛乐掀开被子把双脚移下床，"没空睡觉了，我的衣服呢？医生呢？我要离开这里。"

第六十一章

崔先生探险记

星期天,崔先生驶离公路,转进一条窄窄的小路,再转进一条通往呐喊红宝石的凹凸不平的石子路。他想不通怎么会有人住在这里,道路坎坷,没有路标,没有商店,没有加油站。万一车子没油了怎么办?肚子饿了怎么办?

车子哐啷啷地跳过凹凸小路时,崔先生心里想着那部红色凯迪拉克敞篷车。他想着自己在开着那部车,摘掉篷盖,手臂放在门上,老婆的头微微靠在座位上,风吹着她的头发。她不再有那么多问题了,脸上带着笑,很高兴能跟丈夫开着一部红色凯迪拉克兜风。

那对住在呐喊的老夫妻需要这么多钱做什么?竟然笨到把钱埋在洞里,根本就是在拜托人来把它拿走。像他上山来挖东西,刚好挖到,那东西就是他的了,不是吗?谁找到了归谁。

开到泥巴路之后,崔先生下了车,从车上拿出铲子、锄头跟袋子。他拍拍衬衫口袋确定地图还在,然后沿着小径走下去。

Ruby Holler

走到木屋时,他把地图拿出来研究了一下,从木屋往外走二十步,他瞄到了第一堆石头。很快,他把石子移到一边,用锄头开始挖土。

在谷仓阁楼上,达拉斯的望远镜正对着崔先生,佛罗里达拿着照相机。赛蕊和谛乐蹲在他们旁边,阿雷则趴在大熊树丛附近的一棵树上。

两小时后,崔先生气得快要发疯了。山丘地上散布着他挖土的成绩:石头和土东一堆、西一堆,好像一群鼹鼠在这里开过运动会一样。

他还没找到钱,却挖出了许多怪东西。有一包巧克力蛋糕,他谨慎地尝了一口,滋味还不错,可是他们把食物埋起来做什么?发神经啦?有一个洞,他只找到一堆叶子跟刺莓;另一个洞,有捕鼠器,害他夹到拇指。他还把手伸进一个臭烘烘的洞中,另一个洞有包故意用皮革包得很严实的捣烂的黑刺莓。他的手上大概被圆钉扎了十几个小伤。红红痒痒的感觉直爬到手臂上来。

崔先生再一次挖开一个看起来很像有东西藏在里面的石头,三只蜥蜴爬过他的靴子,有一只还爬上了他的长裤。他来不及细想,就用铲子往腿上打去,蜥蜴掉了下来,昏了,但是他的腿也同样淤青红肿。这是崔先生能忍受的最后极限了。

崔先生很生气,他想这两只老狐狸,是故意摆这些东西来耍人。他看看地图,只剩一个洞还没挖。他在想是不是干脆放弃回家?谁晓得那堆石头下又会藏着什么?毒蛇?说不定更恐怖。

崔先生往地图上最后一堆石头走去,边走边踢掉前面的土堆,还把铲子往树干上打过去。走到石堆时,他跪了下来。这堆上头有黑色卷卷的线。是密码吗?他用铲子敲敲石头,拿不定主意要不要搬开石头挖开下面。管他呢,他想,反正是最后一堆了,就试试吧。我一定要找到钱,绝不能空手回家。

结果铲子挖到了一段铁丝。他拉拉铁丝,从土里挖出一个袋子。又来了,说不定又藏了什么破食物。他用靴尖去踢皮袋,里面好像是硬东西。再踢一下,是很多硬硬的小东西。弹珠吗?还是石子?

他用根树枝挑开了皮袋口,把线松开来。他很小心地握着皮袋底部,把里面的东西倒在地上。

啊哈!中奖了!他真不敢相信自己的眼睛。

第六十二章

珠　宝

崔先生和崔太太坐在床沿上,看着皮袋里的东西,崔先生把袋里的东西全倒在床上。

"看这个,"崔先生说,一边猛抓着手臂上发痒的地方,"看这些珠宝!"

崔太太小心地伸出手,摸着其中一颗红石头。"是红宝石吗?"

崔先生抓起一大把石头,又让石头滑落到床上,床上像洒满了彩色雨滴那样。

"红宝石、绿宝石、钻石……"

"你确定?"崔太太问。

崔先生笑开了花,激动得快昏过去了。"要不然是什么?"

"可是我记得你讲的……不是土地投资吗?"

"看我在土里找到了什么,"他说,"亿万富翁了!"他又抓了抓脖子,"奇怪,怎么这么痒?"

崔太太快昏倒了,她拿起一颗红宝石,在手里把玩着。"好光滑啊。"

外面传来一阵敲门声,随之而来的是茉耕的声音:"夫人,是我,土拨鼠头目。"

"快,"崔先生马上拿棉被把珠宝盖起来,"藏好。"

"夫人?"茉耕在叫,"孩子穿好衣服了,你要我带着她做什么?"

崔太太走到门边,打开一条缝。"带着她就是了,我们现在有很重要的事要商量。"她把门关上,转身对她丈夫说:"好啦,现在要干吗?这些珠宝要怎样才能变成钱?"

崔先生也在想这个问题。他打算到珠宝店去,那家他看中有九千元手表的店。他要先带几样宝石去,请珠宝商给他估个价。看到我有这些东西,那人会不会吓一大跳?崔先生想。

崔先生对他太太说:"我会拿去给人估价的。"

"你觉得……我……可不可以留一样下来?"她问。

崔先生笑了。"当然可以,"然后又挑了两颗宝石,一颗一颗地让宝石落入她的掌心。"一颗绿宝石,一颗钻石。"

"那些巧克力蛋糕又是哪来的?"她问。

"噢,回家路上在面包店买的,"他骗她,"很不错,吃吃看。"

崔太太正小口吃着蛋糕时,听到走廊上传来杂乱的脚步声。"还有你提的那个小岛呢?"她问崔先生,"我们

什么时候可以……"

"很快,"崔先生说,"我已经闻到海风的味道了。"他用力地搓着脸颊。"你想去哪里?噢!我一定是在乡下碰到什么过敏的东西了,痒得我快疯了。"

第六十三章

"任务——达成"蛋糕

谛乐、赛蕊、达拉斯、佛罗里达跟阿雷在木屋厨房,把各种材料放进一个红色大碗里。

"这是我们的'任务——达成'蛋糕。"赛蕊说。

"里面需要很多材料,"谛乐补充,"只要你觉得好的,就丢进去。"

佛罗里达加的是巧克力糖浆。"天啊,那个崔先生被蜥蜴爬过时,气得直跳脚。"

达拉斯舀了些蜂蜜倒进去。"看到他被捕鼠器夹手的样子吗?哇,我在谷仓上头听到他什么话都骂出来了。"

"真想赶快把那些照片洗出来,"阿雷说,"尤其是他拿到珠宝的那张。"

"珠宝!"赛蕊说,"这人真白痴啊。"

"那些石头值多少钱啊?"谛乐问。

"整袋一元九角九分钱。"阿雷扔了一把山核桃到碗里。

"不过我倒有点儿替那个姓崔的难过。"赛蕊说。

Ruby Holler

"别替他难过,"佛罗里达说,"还好没找到,要不然他早把你全部的钱都偷走了。"

"烂人。"谛乐说完又倒进更多的巧克力糖浆。

阿雷扔了一把切过的樱桃到碗里。"你们的行程决定了吗?我猜还是不去了吧?"

"谛乐和我谈过了,"赛蕊说,"似乎用不着去,住在呐喊其实挺好的。"她转向佛罗里达跟达拉斯。"希望你们不会太失望。"

达拉斯看到一罐花生,打开来,把花生也倒进碗里。他不知道要怎么说,一方面他松了一口气,一方面他好想大哭一场。

"我该去机场接博迪跟露西了。"阿雷说,"你们自己的孩子回来了,很高兴吧?"

赛蕊和谛乐点点头,"是的。"

佛罗里达把一整罐巧克力糖浆倒进碗里。她伸手到柜台上拿了一袋饼干,用空罐子把整袋捣碎了倒进去。

赛蕊用手摸了摸佛罗里达的下巴。"乖孩子,"赛蕊说,"以后千万别让人家粗暴地对待你们,听到了吗?"

是啊,佛罗里达想,你要把我们丢回去了,当然说得容易。她拿起一把木头勺子捣烂甜甜圈。

第六十四章

估　价

这一次,崔先生又把那部破车停在离凯迪拉克好几条街外的地方。他穿着最好的西装,却不知道西装外套后面粘了一块口香糖,长裤上也沾了玉米饼的碎屑。

上次他见过的那个推销员在进门处等他。"崔先生,对吧?"他握了握崔先生的手,发现他手上、腕上都有红斑,赶紧放开。"红色敞篷凯迪拉克——您还是想要那一部吗?"推销员又注意到他脸上、颈上都有小水泡。

"是的。"崔先生抓抓衣服下的皮肤,"我只是要确定那一部还在吗?"

"噢?"推销员说,"看来您已经做好决定了?"

"是的,"崔先生抓抓耳朵,"我出去安排一下别的事,马上就回来。我多快可以把车开走?"

"您需要分期付款吗?"

"不必,不需要。这没问题,我很确定。我想先试一下车,可以吗?"

"当然。"推销员说。他想还是别告诉崔先生外套上

Ruby Holler

有口香糖、裤子上有玉米屑的事了。他想如果这个人买得起新的凯迪拉克，就算他全身沾满食物屑都没关系。

崔先生把凯迪拉克直接停在第一大道的珠宝店门口。门上的铃铛一响，售货员马上从店后头走到前面来。

"啊，"他说，"崔先生，没错吧？"崔先生走上前来时，他注意到他脖子上、脸上红肿的疹子，便倒退了一步。他希望不管那是什么，不要传染才好。

"你记得我来看的那只手表吗？"崔先生问。

"是的，当然记得。"售货员说，"先生您要再看一次吗？"

"不必，只是先问一下。你们也做估价吗？"

"估价？估首饰？"

"是的，宝石？珍奇珠宝？"崔先生从外套口袋里拿出了一个袋子，小心地放在柜台上。"我想为这些宝石估个价。"

那个人看看袋子。"很乐意能为您估价。是哪种宝石呢？"

崔先生搔搔脖子。可恶的红疹子。"红宝石，"他说，"绿宝石和钻石。"

"红宝石、绿宝石和钻石？我可以打开看看吗？"售货员伸过手去。

崔先生笑着小心打开袋子，将宝石倒进售货员手中。

售货员看着这些石头，清了清嗓子。"也许您愿意把东西留在这里,"他说,"我需要……跟经理商量一下。"

"好的,好的,怎样都行。"崔先生说,"什么时候可以给我个肯定的价钱?"

售货员把石头装回袋子里。"嗯,明天,没问题。"

"宝石留在这里安全吗?"崔先生问。

售货员咬咬下嘴唇。"哦,当然,非常安全。"

"好的,好的,很好。"崔先生说。

崔先生将车开走时,售货员对着后面房间喊:"嘿,来这里,看这个人开什么玩笑,拿什么来估价,这是十元商店卖的没人要的石子嘛!"

第六十五章

深夜的谈话

夜里的呐喊很冷，懒懒的冷风毫无顾忌地吹着，树枝抽打着阁楼的窗户。达拉斯轻声喊佛罗里达。"听，听到谛乐的鼾声了吗？听到赛蕊和孩子在下面的声音了吗？他们还在聊天。"

"他们难道不知道我们听得见吗？"佛罗里达说。她整个人躲在拼花被下，只把头露出来，望着博迪和露西的行李箱放在两张空床上。

"谛乐和赛蕊好像很高兴看到他们的孩子，不是吗？"达拉斯问。

"别说了，他们说不定正在后悔让我们占了床。你没听到博迪看到我们时说什么？他说：'那两个孩子是谁？'——好像我们是两条狗一样。"

"他没有这个意思啦。"达拉斯说。

佛罗里达还听到露西问她爸妈这两个孩子到底在这里干吗，谛乐和赛蕊到底在想什么，怎么会让两个他们一点儿也不认识的野孩子住进家里来。佛罗里达现在还能听到露西的不耐烦的声音传上来。

"现在不能留他们住下来,"露西说,"爸爸还在恢复中,而且……"

"嘘,"赛蕊说,"小声一点儿,拜托。"

"可是妈……"露西说。

"我们到外面去。"赛蕊说。

佛罗里达听到纱门关上的声音后转向达拉斯。"我们是多余的,"她说,"我以为谛乐、赛蕊跟那些烦人的大人不同,结果还是一样。"

"别这样说,"达拉斯说,"他们不一样,你不可以这样说他们。"

"我高兴说什么就说什么。"她说。她想着谛乐躺在楼下的床上,他在梦什么?他的心要是又开始痛了怎么办?

达拉斯起身下床找东西。

"你在干吗?"佛罗里达说,"你往背包里塞什么?"

"打包。"

"不要。"佛罗里达说。

"为什么不要?也许你说得对,也许是我们该离开的时候了。他们不需要我们,我们是多余的,不是吗?"达拉斯把几件衣服放进去又拉出来。"哪些是我们的,哪些是他们的?这件衬衫是我的吗?"

"那当然是你的,达拉斯,不然是谁的?"

"我的意思是他们买的,还是来这之前就有的?"

"我看看。"佛罗里达说。

达拉斯把衬衫丢给她。

"你也不必这么凶,"她边讲边检查着衬衫,"这件品质很好,一定不是我们来这里之前就有的。"她又把衬衫丢给达拉斯,他把衣服甩在地上。

佛罗里达很不情愿地从拼花被下钻出来。"我猜我也得打包了。"

"我想也是,"达拉斯说,"除非你不想跟我走。"

"你在胡说什么?你不会留下我,自己走吧?"

达拉斯坐回床上。"不会,我不会那样做,你要走的话我就不会。可是也许你不想走啊,也许晚上那班货车听起来不那么动人了。"

"听起来还好,只不过听腻了而已。我想我们还是多休息几天。"佛罗里达说。她很惊讶自己竟然这么不想离开。

"休息干什么,"达拉斯说,"我的意思是说就这个晚上,现在?"

"这就是我的意思,"达拉斯说,"等露西和博迪睡着以后。"

"这样怎么说再见呢?我们不说再见就走吗?"

等露西、博迪爬上阁楼,赛蕊爬到床上时,已经将近午夜了。赛蕊靠着床头板坐着,她看看他的脸,听着他均匀的呼吸声。知道自己一定会失眠。

露西跟博迪建议立即将达拉斯和佛罗里达送回孤

儿院时，她真的呆住了。这是她自己的露西、自己的博迪吗——如此冷漠、无情？赛蕊后来跟博迪和露西讲关于姓崔的事，关于哈培、柯仁北、白格腾以及朱立普。她告诉他们佛罗里达怎样和谛乐修好旧船，还有达拉斯怎么帮她计划那趟行程、买东西，还有这两个孩子在呐喊奔跑、爬树的事。

"哦，妈，"露西在她讲完后说，"他们一定会喜欢呐喊的，跟我们一样。我常常梦见这里，现在终于回来了，哦……"

博迪坐在阳台的秋千上，看着这里的景致。"这地方真好，真好！"他牵住赛蕊的手说，"可是你确定你还能再养两个小孩吗？确定你还有心思去管这些烦事吗？"

"烦？"赛蕊这样说，"这两个孩子在，我们才能忘了心烦，他们是很大的安慰。"

可是这时她躺在床上，不知道让达拉斯跟佛罗里达留下来是不是太自私了。对他们而言怎样才是最好的？当然不会是回到孤儿院去，这点她很确定。况且这两个孩子早已爱上了呐喊，他们爱上能随便跑随便叫，他们爱上了小溪、树木和鸟。

她好想把谛乐叫起来，让他向她保证这样做是对的。在医院的时候谛乐曾说等他休息够了，第一件事是教达拉斯劈柴跟点油灯，还有带着佛罗里达去钓鱼，教她游泳。

她听到阁楼上博迪和露西爬上床的声音,然后一切就安静下来了,只剩风吹着树枝拂过房子的声音。

"晚安,谛乐。"她轻声地说,"晚安,我英俊的旧靴子。"

佛罗里达听到达拉斯溜下了床,但她最想的是躲在拼花被下睡觉,然后在熏肉、荷包蛋、松饼、糖浆、蜂蜜、蓝莓和所有你能想出来的甜甜美美的食物味道中醒来。

"是时候了。"达拉斯轻声说。

"那是什么?纸条吗?"

"对,我会把纸条留在柜子上,我也把那些雕刻品都留下来了。"

"那片叶子形状的木头也留下了吗?好吧,我也把我的留下来。"

"那是什么?"

"一只卷毛头蝙蝠。"她知道蝙蝠没有卷毛头,可是这只刻出来时就是这样。而且蝙蝠是好东西,谛乐说的。她看着达拉斯把旧袜子塞进背包里。"嘿,你的背包怎么了?睡袋呢?"

"丢了。"说着他又想起那两个主动提出要帮他跟赛蕊"看"行李的男孩。说不定东西还在那里,说不定他可以找回来。

"准备好了吗?"佛罗里达打断了他的思绪。

"什么?哦,当然,准备好了。"

他们溜下了梯子,溜出了门。"好了,"达拉斯想用比自己心情好的语调来讲话。"我们去赶那班火车离开这个地方吧!"

刚走下阳台,佛罗里达就说:"嘿,等一下,我们的钱呢?"

"大头鬼,阿雷拿走了,记不记得?我猜我们得试着到他家找他,把钱拿回来。"

"算了吧,"佛罗里达说,"他家在哪里我们都不知道,钱只会惹麻烦,达拉斯,我不要了。"

达拉斯想着那么多钱可以买到的食物,肚子就开始咕噜噜地叫起来。也许他们应该多等一天,跟阿雷拿回那些钱。

可是他们已经溜出来了,上路了,只好硬着头皮一直往前走。

在呐喊的另一头,阿雷在自己木屋的客厅里,手中拿着一盏油灯。真是的!也许我应该开始打扫了,也许我应该买点儿杂货回来,也许我应该……可是他什么也没做,一头倒在床上就睡着了。

第六十六章

梦　境

达拉斯跟佛罗里达离开的这晚,呐喊红宝石正是满月,一轮皎洁的银月将天空和地面泼洒得柔软而美丽。鸟儿静静地栖息在树枝上,其他动物也轻轻缓缓地移动,好像脚上包上了棉花一样。

"这里好香,"佛罗里达沿着谷仓走过时说,"这旧谷仓真好。"

达拉斯向前倾身去闻木墙的味道。"我们这次要沿小溪走。"

他们走下弯弯曲曲的下坡路,慢慢地沿着河岸走,踩过石头,绕过树丛,佛罗里达突然说:"等一下,停。"

"干吗?"

"我不想走,"佛罗里达说,"我喜欢这里,以前从来没有人对我们这么好,以后可能也没有人会再对我们这么好了。"

"可是像你说的,说不定我们是多余的。我们现在没有选择了,不是吗?"达拉斯问。

"可是在谛乐恢复这段时间,谁替他砍木头?"佛罗

里达问,"还有谁去井边打水?"

达拉斯看见自己像个拓荒的孩子那样在砍柴打水。他看见自己在森林中穿梭……

"还有,"佛罗里达说,"谁帮赛蕊做她想做的'心——脏——病——复——原'点心?回答我啊。"

达拉斯站在那里想。"我有个主意,"他说,"你也有主意了吗?"

"是的。"她说。

达拉斯看看四周。"哇!"他移往岸边的一棵树旁,一棵高高的树,长长的树枝带着叶子垂到地面。"就这儿。"说完他钻到了树枝下去。

"这有点儿像堡垒。"佛罗里达说。

"我曾梦到过这个地方,"达拉斯说,"真的,一模一样,有带叶子的枝柳低垂,小溪从旁边流过。好奇怪啊,真的有这个地方。"

"达拉斯?我们在这里露营好吗?"

"你是说睡在这儿,然后……"

"……然后看看会怎样,"佛罗里达摊开睡袋爬到里面去,"你没有睡袋行吗?达拉斯?"

"可以,"他说,"我可以拿背包当枕头,也许那些爬来爬去的东西一个晚上都不来骚扰我。"

"达拉斯?你希望的跟我希望的一样吗?"

"可能,"他说,"但我们不要讲太大声音。"

于是他们就那样睡了。睡着后,他们又梦见了会讲

话的鸟。佛罗里达在河上划着木筏,结果从天空飞来一颗陨石,上头都是金色的光,从金色的光芒里又飞出来一只金色的鸟,往佛罗里达的木筏冲下来。鸟说:"你是我的宝宝。"佛罗里达对着鸟伸手过去说:"好。"

在达拉斯的梦中,他从绿叶大树下爬出来,站在清澈的小溪边缘。有一只银色的鸟从空中飞下来栖在他的肩膀上。"有一个你可以去的地方,在那里所有东西都……"

"……在那里所有东西都很神奇。"鸟儿说。

达拉斯摸摸银鸟的翅膀。"那地方在……"

可是鸟儿把头藏进翅膀里睡着了。

早晨,达拉斯听到鸟儿在叫,知道第一道晨光洒下来了,但他不愿睁开眼睛,他一动不动地躺着,不敢呼吸。

佛罗里达也听到了鸟叫。噢,拜托,她祷告,拜托。她从睡袋里钻出来,用力地呼吸。

"达拉斯,起床了!"她大叫。

达拉斯把头抬高,盯着佛罗里达看。

"达拉斯,用力闻一下,你闻到什么味了?"

他吸了一口气,那是世界上最美的味道。

熏肉,那是"欢——迎——回——家"熏肉的香味。

Ruby Holler

作者简介 呐喊红宝石

莎朗·克里奇
Sharon Creech

　　莎朗·克里奇出生于美国俄亥俄州。大学期间,莎朗就着迷于文学创作,在她的故事里,家庭、环境以及旅程是主要的元素,主题大多关注青少年在成长过程中对自我认同的质疑与追寻,引起许多青少年读者的共鸣,而她个人的生命经验也与故事不断交融,童年的家族旅行回忆成了30年后笔下小主人公的追寻场景。

　　莎朗的作品跨越成人、青少年小说以及儿童故事,作品先后获得1995年纽伯瑞奖金奖、2001年纽伯瑞荣誉奖以及2003年卡内基文学奖。如今,年近六旬的她在繁忙的生活之余,总会抽出时间进行创作,她希望自己能够不断推出新作,为读者带去更多的欢乐!

爱，可以重塑生命中的缺憾

袁　颖/资深编辑

在柏斯屯小溪孤儿院里，达拉斯与佛罗里达兄妹无疑是最令人头疼的两个孩子。

他们有着悲凉的身世，自小成为孤儿，从没见过自己的父母，甚至连自己的生日都不确定。童年中爱的缺失，成了生命中永恒的缺憾。

虽然经常被不同的人领养，但是这些人总是出于不同的目的。人性中的伪善与苛刻，自私与贪婪，令人迷失，茫然无措。数度在希望与失望中的游走，最终让兄妹俩疲惫地觉得，外面的世界，纵然精彩也是凉薄。

国际大奖小说

心灵被扭曲的孩子，往往会对世界产生误解。渐渐地，达拉斯喜欢做白日梦，终日活在自己的幻想里面。看似与世无争的安静外表，掩藏的是对命运的无奈与逃避。佛罗里达则变得性情暴躁，永远在顶嘴，脾气阴晴不定，心情变幻无常。而这个到处充斥着规矩的孤儿院，让两个生性散漫、向往自由的孩子感觉像是生活在牢笼，只想逃离。

他们所向往的，是一个辽阔美丽、和平友善的远方，虽然不确定这个地方究竟在哪里。他们梦想会有那么一处所在，可以信赖、可以爱、可以拯救自己卑微却倔强的灵魂。

直到来到呐喊红宝石。直到谛乐和赛蕊出现。

呐喊红宝石展现给兄妹俩的，是一片诗意的天地，这里有小溪，有鸟儿，树叶随着季节的更迭变幻莫测。最重要的是，这里是一片自由的乐土——可以跑可以跳，可以在山坡上打滚，可以在树林中恣意呐喊，没有约束，甚少规矩，什么事情都可以做。这里，才是贴近孩子心灵的居所。

当然，最初来到谛乐和赛蕊身边生活的日子，仍然充满猜疑与不信任。之前的遭遇让兄妹俩质疑，世上怎么可能有这样的地方？怎么可能还有对自己这么好的

人?

令人不可思议的是,所有的误解得到的竟然是无条件的包容。谛乐和赛蕊以爱回应这两个孤儿。他们知道,快乐会传染;爱,也会传染。他们更坚信,爱可以治愈、完善、重塑生命中的那些缺憾!

谛乐和赛蕊家里,有铺着碎花拼布床单的软床,有热乎乎的撒着肉桂粉的苹果泥、香气扑鼻的熏肉,每一个角落都散发着可依可恋的家的气息。那些专属于这个家的独特菜品——不管是"适——应——小孩儿"卤肉,还是"赶——快——好——起——来"汤,无一不像是一双向孩子敞开的接纳的臂弯,是一种对幼小柔弱心灵归依的召唤,更是一种不论任何情况出现,一家人都会携手渡过难关的精神力量的象征。

在要求孩子做好孩子的同时,更多的时候,谛乐和赛蕊在自省"是不是好父母"。他们要求自己站在孩子的角度看问题,用孩子的眼光看世界,用自己孩提时代的心情来看待事物。当孩子们自问"长大后我会变成什么样子"的时候,他们更相信,得到什么样的教育,长大后的孩子就会是什么样子的。虽然知道孩子会犯错,会捅娄子,他们仍然会爱孩子,并知道如何去爱。这样宽松的爱的氛围,会让所有孩子羡慕,令所有父母自省。

谛乐和赛蕊相信,由爱引领长大的孩子,可以不必是天才，可以不必是名人，但一定会心灵健康，快乐萦绕。他们的言行润物无声，却让兄妹俩感受到，爱真实地存在。

于是，就在这种爱中，有些东西悄无声息发生了蜕变，如同凤凰涅槃浴火重生。

谛乐与佛罗里达在河上遇险的刹那，本已脱险的佛罗里达突然间萌生出一股不自知的勇气，毅然决然地再次投入河中救助谛乐，明知道这一次自己可能有去无回，但还是要去救他！

仿佛一夜长大。

从最初的充满敌意到渐渐地认可与依赖，从大费周折的计划出逃到可以离开时却莫名的犹豫、不舍，从对任何事物漠不关心到对他人舍身救助、爱心漫溢……所有那些从未丢失掉的清新与柔软，再度回归。

终于，两个孩子把自己的心交了出去——交给谛乐与赛蕊，交给家，交给爱。他们想要躲在柔软的被子里睡觉，想要每日在熏肉、松饼的美妙香气中醒来，他们发现，一直苦苦寻觅的那处可以信赖、可以依靠的所在，其实不必是远方，就在谛乐和赛蕊充满爱的心里。

作为对这种爱的回馈，达拉斯与佛罗里达也开始用语言勾勒关于爱的图画。他们说，会把自己对父母的想

Ruby Holler

念加倍地施加到自己的孩子身上,希望他们好好儿长大、结婚生子,并希望这串用爱联结起来的珠链延续下去,生生不息。

　　一路走来的委屈与辛酸、迟疑与不安,仿若隔世烟云,最终在两个孩子的心中,化作一泓清澄明澈的泉。

　　我知道,我们都知道,自此,他们的生命已经全然改观。